생각과 그림 이야기

생각과 그림 이야기

·두 번째·

장명호 지음

· 머리말 ·

어떤 것을 궁금해하고 있는지? 내가 안다고 생각하고 있는 지식은 얼마나 많은 오해가 있는지? 성찰해 보는 것은 의미 있는 일이다. 대체로 우리는 아무 생각 없이 살아가고 있다. 생각을 하고 안 하고가 살아가는 데 중요한 일이지만 그리 심각하게는 받아들이지 않고 있다.

돈은 어떻게 벌어야 하는지, 마음은 어떻게 써야 하는지, 영혼은 어떻게 받아들여야 하는지는 삶에 중요한 영역이다. 성경 말씀에 "해 아래 새것이 없으니, 무엇을 가리켜 새것이라 할 것이 있겠느냐, 우리 오래전 세대에도 이미 있었느니라" 하고 말한다.

이미 있어도, 내가 경험하지 못한 세상은 새로운 세상인 것이다. 새로운 세상에서 숨겨진 보물을 찾겠다고 두더지가 땅을 파듯이 죽는 날까지 세상을 파고 있다. 찾았다 싶어 확인해 보면 이미 있었던 것이라는 걸 알게 되고 허탈해한다.

우리가 찾고 있는 보물은 어떻게 생겼는지, 어디에 있는지 아무도 알 수가 없다. 그러면서 가끔 내가 찾고 있는 보물이 없는 것은 아닌가 하는 의심이 들기도 한다. 인생이란 그렇게 그렇게 흘러가는 모양이다.

차
례

머리말 ⋯⋯⋯⋯⋯⋯⋯⋯⋯⋯⋯⋯⋯⋯⋯⋯ 05

우상숭배란? ⋯⋯⋯⋯⋯⋯⋯⋯⋯⋯⋯⋯ 11
우리가 사는 모든 것은 답이 아니다 ⋯⋯⋯⋯ 13
무슨 생각을 하고 있나? ⋯⋯⋯⋯⋯⋯ 16
사랑이란 무엇인가? ⋯⋯⋯⋯⋯⋯ 19
언제까지 의미가 있을까? ⋯⋯⋯⋯⋯ 21
하느님이란 무엇인가? ⋯⋯⋯⋯⋯ 23
인간의 능력 ⋯⋯⋯⋯⋯⋯⋯⋯ 25
세상은 내 생각을 절대 배려하지 않는다 ⋯⋯ 27
원초적 에너지인 성욕 ⋯⋯⋯⋯⋯ 28
무제 ⋯⋯⋯⋯⋯⋯⋯⋯⋯⋯⋯⋯⋯ 30
종교와 영성 ⋯⋯⋯⋯⋯⋯⋯⋯ 32
무엇이 예술인가? ⋯⋯⋯⋯⋯ 34
말이란 무엇인가? ⋯⋯⋯⋯⋯ 36
느낌대로 ⋯⋯⋯⋯⋯⋯⋯⋯⋯ 39
우주공간에서 나는 무엇인가? ⋯⋯⋯ 42
한 번씩 일어나는 의식 ⋯⋯⋯⋯⋯ 44

약자의 비극은 숙명인가? ⸻ 46

삶은 죽음에 예속된다 ⸻ 47

예술이란 인간 속의 신을 찾는 일이다 ⸻ 49

행복한 마음 ⸻ 52

육체는 선명하고, 영혼은 애매모호하다 ⸻ 58

아무리 애를 써도 찾을 수 없다 ⸻ 64

알 수 없음 ⸻ 70

가공된 아름다움 ⸻ 77

자기만의 생각 ⸻ 84

이 맘도 아니고 저 맘도 아니다 ⸻ 89

내가 무엇을 모르는지 모른다 ⸻ 93

나의 우상은 무엇인가? ⸻ 98

무엇을 위한 계산인가? ⸻ 104

생각은 청춘이다 ⸻ 109

미확정 예술 ⸻ 115

만물의 순환 원리 ⸻ 120

호기심과 두려움 ⸻ 125

할 수 있는 것은 마음뿐이다 ⸻ 130

불안을 떨치자 ⸻ 135

속박과 자유 ⸻ 140

두려움과 욕망 ⸻ 147

프로이트가 생각하는 인간의 본성 ⸻ 153

행동을 해야 이루어진다 ⸻ 155

인간의 능력은 보잘것없다 ⋯⋯⋯⋯⋯⋯ 157

여성성 ⋯⋯⋯⋯⋯⋯⋯⋯⋯⋯⋯⋯⋯⋯ 159

떠오르는 생각 ⋯⋯⋯⋯⋯⋯⋯⋯⋯⋯⋯ 165

꿈, 현실, 이상, 무 ⋯⋯⋯⋯⋯⋯⋯⋯⋯ 167

인간은 연약하다 ⋯⋯⋯⋯⋯⋯⋯⋯⋯⋯ 169

숨겨진 인격 ⋯⋯⋯⋯⋯⋯⋯⋯⋯⋯⋯⋯ 171

친구 ⋯⋯⋯⋯⋯⋯⋯⋯⋯⋯⋯⋯⋯⋯⋯ 173

진화 ⋯⋯⋯⋯⋯⋯⋯⋯⋯⋯⋯⋯⋯⋯⋯ 175

고정관념에서 탈출 ⋯⋯⋯⋯⋯⋯⋯⋯⋯ 177

공자와 노자의 도 ⋯⋯⋯⋯⋯⋯⋯⋯⋯ 179

1차원으로 본 생각 ⋯⋯⋯⋯⋯⋯⋯⋯⋯ 181

생각으로 그린 경계 ⋯⋯⋯⋯⋯⋯⋯⋯ 183

내가 바꿀 수 있는 것은 아무것도 없다 ⋯⋯ 185

세상에서 제일 아름다운 형체 ⋯⋯⋯⋯ 186

목욕하는 환자 ⋯⋯⋯⋯⋯⋯⋯⋯⋯⋯ 188

본성의 힘 ⋯⋯⋯⋯⋯⋯⋯⋯⋯⋯⋯⋯ 190

우주의 본질은 이기적인 것이 아니다 ⋯ 192

세상은 생각하는 대로 존재한다 ⋯⋯⋯ 194

나만 잘 모르고 있다 ⋯⋯⋯⋯⋯⋯⋯⋯ 196

영혼이 있는 모델 ⋯⋯⋯⋯⋯⋯⋯⋯⋯ 198

유혹 ⋯⋯⋯⋯⋯⋯⋯⋯⋯⋯⋯⋯⋯⋯ 201

진화는 계속된다 ⋯⋯⋯⋯⋯⋯⋯⋯⋯ 204

본성 따라 춤추는 에너지 ⋯⋯⋯⋯⋯⋯ 206

흥분된 욕망 ························· 208

원초적인 고질병 ····················· 210

생존과 번식을 위한 고민 ·············· 212

우정과 대결 ························· 214

영혼의 모습 ························· 217

인간관계 ··························· 219

인연인가, 우연인가? ················· 221

생각하는 존재 ······················ 223

우주 ······························ 224

의식의 편향 ························· 226

만물의 본성 ························· 228

관계 ······························ 229

계획 없는 디자인 ···················· 231

자신을 사랑하라 ···················· 234

떠오르는 디자인 ···················· 236

나는 왜 여기서 태어났는가? ·········· 239

영혼의 실체 ························· 241

섬김 ······························ 243

마음 ······························ 245

역사 ······························ 247

영혼의 힘 ·························· 249

욕망 ······························ 251

상상의 세계 ························· 253

건강한 영혼 ·················· 255

몰랑몰랑한 영혼 ·················· 257

나는 몇 등짜리 인생인가? ·················· 259

자아의 모습 ·················· 262

열정 ·················· 264

몽상 ·················· 266

실체 ·················· 268

인간과 우주 ·················· 270

어울림 ·················· 272

떠오르는 의식 ·················· 275

순환 ·················· 278

선택과 결정 ·················· 280

하늘과 바다 사이 ·················· 283

나는 어떤 사람인가? ·················· 285

표현의 자유 ·················· 287

어울림 ·················· 289

세상을 보는 눈 ·················· 291

마음 ·················· 293

창조 ·················· 296

희망 ·················· 298

우상숭배란?

유화 50*60 / 2015. 6. 25.

　너무나 당연해서 스스로가 잘 헤아리지 못하는 경우가 대부분이다. 이미 존재하고 있었기에 의심의 여지가 없기 때문이다. 그래서 남처럼 받아들이는 것이 아무 문제가 되지 않는다. 때로는 당연한 것 같기도 하고, 때로는 아닌 것 같기도 하지만 없던 것으로 하기에는 그만한 용기가 필요하기에 그리 쉬운 일이 아니다. 엄격히 따지고 보면 있어도 되고 없어도 아무 문제가 되지 않는다.

인간은 본래가 미약하기 때문에 불안한 생각을 항상 품고 살아갈 수밖에 없다. 그래서 기대고 싶고, 의지하고 싶은 본성이 자연스럽게 생겨나는 것이다. 불안한 자신을 지켜줄 수 있는 것이 무엇이 있을까? 오랜 세월을 고민한 끝에 사물에 혼을 불어넣고 믿게 되었을 것이다. 나와 우상을 섬기는 모습을 제삼자가 객관적으로 본다면 꽤 웃기는 모습이 아닐까. 그런데도 왜 그 짓을 하고 싶어 할까? 없는 것을 있는 것 같이 만들어 놓고 경쟁하듯 섬기는 것 말이다. 본래 신 이외에 섬기는 일은 모두가 우상숭배라고 한다.

신이란 초인간적 또는 초자연적 힘을 지닌 신앙 대상이다. 보이지 않는 존재, 불가사의한 존재로 인류에게 화복을 내려준다는 신령을 말하고 있는데, 없는 신을 어떻게 믿는단 말인가? 그래서 신을 상징하는 우상이 필요했을 것이다. 그러고 보면 인간은 우상숭배를 통해 불안한 욕구를 해결하려는 의도가 저변에 깔려있었던 것 같다. 본인이 좋아서 하는 경우도 있고, 어쩔 수 없이 하는 경우도 있고, 이도 저도 아닐 수도 있다. 우상을 정하고, 규정을 만들고 스스로가 점점 깊이 빠져들어 간다. 나와 다르면 무시하고 경쟁자로 생각하며 헐뜯고 싶어서 안달이다.

나는 사물을 숭배하는 것은 아무 문제가 되지 않는다고 생각한다. 다만 자신의 사고를 숭배하는 것이 더 큰 문제라고 생각한다. 생각이 상황에 잘 어울리고 균형이 이루어질 때는 우상숭배가 될 수 없기 때문이다. 무리하게 자신을 위하고 보호하고 싶은 욕심이 앞설 때 우상숭배가 필요한 것이다. 믿게 하려고 애쓰는 것은 모두가 거짓이 아닌가? 생각으로 양심을 저버리고도 하고 싶어 하는 욕망이 있다면 이는 우상숭배다. 분수에 넘치는 행동으로 욕구를 충족시키는데 거리낌이 없다면 이 또한 우상숭배라 봐야 할 것이다. 우상이 있고 없고보다는 어떤 마음으로 우상을 생각하고 섬기느냐가 아주 중요하다고 생각한다.

우리가 사는 모든 것은 답이 아니다

유화 50*60 / 2015. 8. 6.

　아는 것이 그것밖에 없어 그것으로 세상을 바라보고, 그것으로 세상을 이해하려는 아집이 그렇게 생각하는 것뿐이다. 오직 하나인 진리 안에서 존재하는 모든 것들은 끊임없이 변하고 있다. 변하는 요인들의 상관관계는 어느 하나 때문이라고 이야기한다는 자체가 잘못이다. 어느 한순간을 인간의 능력으로 변화를 알아차릴 수가 없어 그것이 답이라고 생각할 수 있으나 결국 착각이었다는 것을 알게 될 것이다.

인간은 무식해서건 어쩔 수 없어서건 본의 아니게 자연의 순리에 역행하는 일을 곧잘 한다. 그것은 결국 애써 노력한 결과에 대한 보답을 언젠가 인간의 생각과 달리 자연의 이치에 따라 되받게 될 것이다. 지금껏 알고 있는 지식이나, 고대로부터 전해지고 있는 유명한 철학가의 사상이나, 우주 과학기술, 의료 기술 등 모든 것이 변하고 있는 자연에 대한 반응의 결과다. 있어도 되고, 없어도 되는 것이지 꼭 답일 필요는 없다.

만약 한쪽에 답이 된다면 반대쪽에는 답이 될 수 없다. 혹시 답이 된다고 해도 잠시 그렇게 착각하는 것뿐이다. 끝없이 자라고 싶어 하는 욕구 본능 때문에 인간은 힘들게 살아간다. 더 가지려다 보니 힘이 있는 곳에 더 많은 에너지가 쌓이게 되고, 더 많이 쌓이면 문제가 생기고, 문제가 생기다 보면 그 문제를 푼다고 애를 쓴다.

요사이 텔레비전을 보면 음식 관련 프로그램이 너무 많다는 생각이 든다. 한편에서는, 너무 잘 먹어 살이 찌다 보니 살 뺀다고 야단이고, 한쪽에는 건강에 좋다는 이름 모를 식품을 소개한다고 열변을 토하고 있다. 얼마 전만 해도 못 먹어서 탈이었는데 어느새 잘 먹어서 탈이 되고 말았다. 먹고살 만하니 프로그램도 웃기게 변하고 있다. 신선한 아이디어라는 것이 거꾸로 가고 싶어 안달하는 모양새다.

자연현상의 원리를 주역에서는 "양과 음의 기운에 따라 천지자연은 항구 불변의 일정한 법칙에 따라 끊임없이 변하고 있다"라고 한다. 우리가 살아가는 것은 음양의 원리에 따라 끊임없이 변하면서 살아가는 것이므로 애써 답이라고 주장하는 생각은 답이 될 수가 없는 것이다. 그래도 자기 생각이 답이라고 계속 주장한다면 머지않아 외톨이가 되어 동조자를 찾는다고 영원히 방황하게 될 것이다. 혹시나 권력이나 거짓으로 자기 생각이 답이라고 계속 밀어붙이는 일이 허락된다면, 결국에는 아주 많은 사람들에게 고통을 안기게 될 것이다.

무슨 생각을 하고 있나?

유화 53*65 / 2015. 9. 13.

　　인간은 생각할 줄 아는 능력을 갖췄으며, 신체의 반응에 따라 감정을 표현할 줄 아는 아주 영리한 동물이다. 이런 능력을 갖춘 인간이 어떻게 살아야 잘 사는 것일까? 아마도 자유의지로 살아갈 수 있는 사람이라면 그렇지 않을까 하는 생각이 든다. 우리는 과연 얼마나 자유의지로 살아가고 있을까?

내가 선택하고 결정할 수 있는 것 말이다. 운이 좋게도 그럴 수만 있다면 좋겠지만, 그렇지 못한 경우가 의외로 많다는 생각이 든다. 힘이 없어서 어쩔 수 없는 경우가 그렇고, 뭔가 목적하는 바가 있어서 자유의지를 포기하는 경우가 그렇다. 어저께 인터폰 벨이 울려서 집사람이 받더니 '안 한다' '필요 없다' 하면서 통화를 한참 하다가 끊어버렸다. 그래도 가지 않고 계속 문 좀 열어달라고 밖에서 문을 두드리기에 대문 가까이 가서, 하기 싫다는데 왜 그렇게 떼를 쓰느냐면서 화를 냈지만, 막무가내였다. 그래서 작은 방으로 가서 창문을 조금 열고 필요 없다고 가라고 그랬더니, 우리 집이 설문조사 대상으로 정해져서 어쩔 수 없이 꼭 해야 한다고 사정하는 것을 보고, 내가 너무하는 게 아닌가 하는 생각이 들어서 해주었다.

창문 밖에서 홀대받아 가면서 설문지 작성하는 사람 마음이 어땠을까? 위에서 정해져서 반듯이 해야만 된다는 담당자의 행동에서 상대방을 배려하는 마음이라고는 조금도 찾아볼 수 없다. 사람이 아닌 기계 같다. 위에서 시켰으니까, 나에게 이익이 되니까 무조건 하고 보자는 식은 잘못된 것이다. 상대의 자유의지에 손상을 입히기 때문이다. 작은 것을 보면 우리는 저마다 자유의지로 살아가고 있다고 착각할 수 있다.

그러나 크거나 눈에 보이지 않는 것은 그렇지 못한 경우가 많다. 이해를 잘 못하거나, 자유의지를 망각해 스스로 굴복하는 경우가 그렇다. 시켜서 하는 것은 본인의 의지와 상관이 없으므로 일방적으로 가고 싶어 한다. 시켰으니까, 해야 하니까 하는 마음이 전부다. 상대방은 무시하는 처사라 못마땅하기 십상일 수 있다. 무시하는 마음만 없다면 상대의 자유의지에 손상을 주지 않고도 얼마든지 잘 살아갈 방법이 있다. 그렇지 못한 것은 무식하거나 무시하는 마음이 있기 때문이다. 남이 싫어하는 것은 나도 싫다는 것을 명심하고 상대의 자유의지에 손상을 주는 일은 하지 않겠다는 각오와 노력이 있었으면 좋겠다.

사랑이란 무엇인가?

유화 50*65 / 2015. 10. 1.

"사랑은 오래 참고, 사랑은 온유하며, 투기하는 자가 되지 아니하며, 사랑은 자랑하지 아니하며, 교만하지 아니하며, 무례히 행치 아니하며, 자기의 유익을 구하지 아니하며, 성내지 아니하며, 악한 것을 생각지 아니하며, 불의를 기뻐하지 아니하며, 진리와 함께 기뻐하고, 모든 것을 참으며 모든 것

을 믿으며 모든 것을 바라며 모든 것을 견디느니라."

– 고린도전서 13장 중에서

농부가 정성을 들여 애써 가꾸는 농작물이 하나같이 튼실한 열매가 맺기를 바라는 마음을 갖고 있다면 이를 사랑하는 마음이라고 말할 수 있겠는가?

성당 공동체 생활에 소극적이며 교회 밖에서 물끄러미 교회 안을 구경만 하는 나는 하느님을 사랑하지 않고 사도직 활동을 열심히 하는 사람만이 하느님을 사랑하는 것인가?

인간은 자기가 하는 일에 누군가 동참하고 인정을 받고 싶어 하는 본성이 있는 것 같다. 그래서 자랑하고 싶은 마음이 생기고, 자기 생각을 남에게 설득하려고 애를 쓴다.

우리나라의 대표적 종교에 몸담은 신부, 목사, 스님들이 사랑이라는 단어를 가장 많이 쓰는 직업에 종사하는 사람이 아닌가? 성경이나 경전의 내용을 전달하는 사람이기 때문이다. 본인의 생각이 아니고 남의 이야기를 전달하는 사람, 심부름을 하는 사람이 하느님의 진정한 사랑을 안다고 할 수 있겠는가? 잘 알지도 못하면서 남들처럼 사랑, 사랑하면서 사람들을 앙몰이 하는 것은 아닌지 뒤돌아보았으면 좋겠다.

진정 사랑하는 마음이 있다면 아무것도 하지 않는 것이 아닌가 하는 생각이 든다. 사막에 자라는 한 포기의 풀을 오아시스에 옮겨 주었다고 사랑하기 때문이라고 말하지 마라. 아무것도 모르면서 오직 자기 생각뿐인 사랑을 본인만 모르고 있다는 것이 안타까울 뿐이다.

언제까지 의미가 있을까?

유화 53*65 / 2015. 10. 19.

　세상에는 공짜가 없다는 생각을 언제부터 신주 모시듯이 받들고 살
았을까? 아주 훌륭한 생각이라고 믿고 있었는데, 가만히 생각해 보니
참으로 옹졸한 생각을 하고 살았다는 생각이 든다.

　그렇게 사는 것이 잘못된 것은 아니나 그렇게 산다는 것은 참으로
힘들 수밖에 없다는 것을 몰랐다는 것이다. 지금 와서 문득 그런 생각

이 드니 그 이유를 알다가도 모를 일이다. 앞으로는 좀 달라질 수 있을까?

인간은 죽으면 끝이라고 믿는 자와 죽음이 끝이 아니라 또 다른 세상의 시작이라고 보는 자가 있다. 그러나 대부분이 이 세상의 삶에 목숨을 바치는 일을 소홀히 하는 자는 없다. 열심히 사는 우리들의 모습이 대승불교 정토교의 왕생하는 길에 잘 나타나 있다.

왕생에는 9품이 있는데 첫째 탐욕의 세계를 벗어나지 못한 하품에는 탐욕과 질투로 삶을 꾸리는 하품하생인 축인, 남의 힘에 의지하여 남의 뜻대로 사는 하품중생인 범인, 편안함과 명예, 이익만을 따지는 하품상생의 재인이 있고, 둘째 탐욕의 세계에서는 벗어났으나 여전히 물질적이고 이론적인 것에 매달려서 바른길로 가려고 노력하는 자질의 중품에는 옳고 그름을 가리고 배워가며 사는 중품하생의 학인, 자기 뜻이 굳게 세워져 흔들리지 않는 중품중생의 인인, 사리에 밝고 자기주장을 관철하는 중품상생의 철인이 있고, 셋째 뛰어난 자질을 가진 상품에는 세상의 진리를 깨친 상품하생의 달인, 진리를 깨달아 중생을 제도하는 상품중생의 도인, 삶과 진리가 합일된 상품상생인 진인으로 구분하고 있다. 이는 이승에서 사는 모습대로 저승에 가서도 같은 모습으로 산다는 이야기 아닌가? 잘못 생각하면 누구는 필요하고 누구는 필요 없다고 생각할 수 있으나 그렇게 생각하는 것은 옳지 않다.

존재하는 모든 사물은 나름대로 존재 이유가 있으며 존재 가치가 있는 것이다. 본래가 그런 유전자를 갖고 그런 환경에서 머물다 보니 지금의 이 모습이 됐는데 어쩌란 말인가? 잘 알고 있으면서도 여전히 받은 것만큼만 주겠다는 생각과 준 것만큼 받겠다는 옹졸한 생각이 시도 때도 없이 사방에서 툭툭 튀어나온다. 안 봐도 앞일이 훤하지 않은가? 좀 달라졌으면 좋겠는데…

하느님이란 무엇인가?

유화 50*60 / 2015. 10. 26.

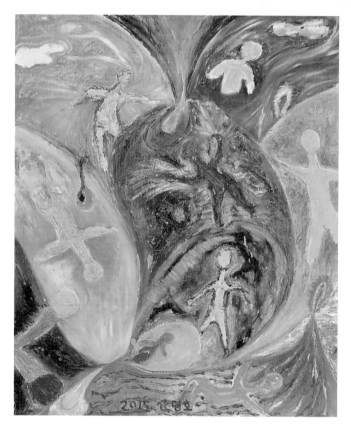

우리는 하느님이 무엇인지 알지 못한다. 그래도 하느님이 있는 것처럼 찾고 있다. 내 힘으로, 인간의 힘으로 가능하지 않은 일을 가능하게 해달라고 막무가내로 떼쓸 일이 있을 때 자주 찾는다.

우리가 찾는 하느님은 정말 있는 것인가? 있다면 우리의 바람을 이루어 줄 수 있는가? 답을 아는 사람은 아무도 없다. 그래서 내가 생각하는 하느님을 이야기하고자 한다. 하느님이란 어떤 것도 포함하지 않는 것이 없는 전체성을 띠었으며, 어떤 곳도 존재하지 않는 곳이 없는 개체성을 띠고 있다.

　　하느님이란 존재자나 존재물이 아니라 존재 그 자체이므로 형상을 이야기하는 것은 잘못된 것이다. 앞으로 하느님이 어떻게 생겼느냐고 묻지 마라. 하느님이란 존재하지 않는 곳이 없기 때문에 자신이 하느님이라고 믿으면 하느님 아닌 것이 없다. 그래서 내가 믿는 하느님도 하느님이고 남이 믿는 하느님도 하느님이다.

　　만약 내가 믿는 하느님만 하느님이라고 주장한다면 무척이나 어리석은 사람이다. 무식하거나 다른 의도가 있을 때 가능한 일이기 때문이다. 하느님은 살아 있지도 않고, 죽어 있지도 않다. 오직 존재하고 있을 뿐이며 하느님 아닌 것이 없다. 그래서 굳이 하느님을 찾을 필요가 없다고 생각한다.

인간의 능력

유화 53*65 / 2016. 10. 24.

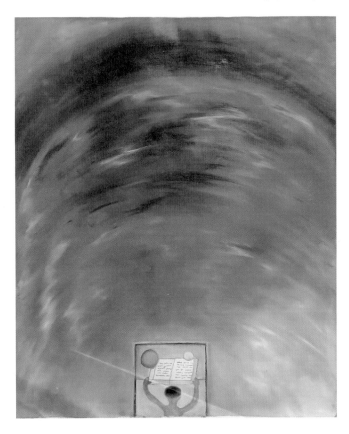

현대 우주 이론에 따르면 우리가 인식하는 우주는 전체 우주의 4%에 불과하다고 한다. 인간은 평생 많이 써봐야 자신이 갖고 있는 뇌의 능력에 4~5% 정도밖에 사용하지 못한다. 그런데도 항상 자신이 제일 똑똑하다고 착각하고 있다. 왜일까?

나는 여전히 궁금해하는 것이 있다. '우주의 끝이 있을까?' 하는 것이다. 우주의 끝이 있어도 문제가 될 것 같고, 없어도 문제가 될 것 같다. 끝이 있으면 끝 너머에는 무엇이 있을까? 끝이 없다면 우리의 상식으로는 이해할 수 없는 것인가?

지금으로서는 어느 누가 설명해도 도저히 알 수가 없다. 살아가기 위하여 먹는 능력과 번식을 위한 성욕 말고는 특별하게 인간의 능력이라고 내세울 것이 없다. 이것은 엄밀히 이야기하면 인간만의 능력이 아니라 모든 생명체가 갖고 있는 능력이다. 다른 것을 따지고 나열하면 무수히 많은 것 같이 생각할 수 있으나, 그냥 사치품에 불과하다. 없는 것은 없어서 알지 못하고, 있는 것은 있어서 알지 못하는 무능력한 존재다. 아는 게 없다 보니 할 수 있는 것도 별로 없다.

지금 인간이 중요하다고 생각하고 하는 일은 하지 않는 것이 더 좋을지도 모른다. 그런데도 두더지처럼 여기저기서 경쟁하듯이 대가리를 쳐드는 일을 열심히 하고 있다. 먹고 번식하는 일 말고 인간이 할 수 있는 일은 무엇이 있을까? 지금으로서는 감이 오지 않는다.

세상은 내 생각을 절대 배려하지 않는다

유화 53*65 / 2017. 3. 3.

원초적 에너지인 성욕

유화 50*60 / 2017. 7. 22.

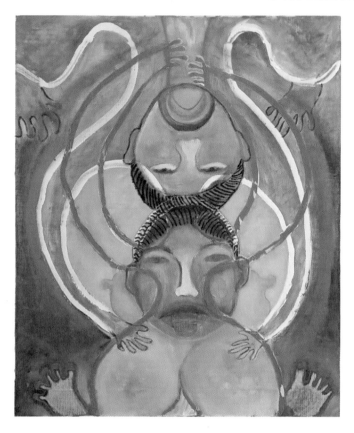

　인간은 원초적으로 쾌락 본능(성욕)과 파괴 본능(공격 본능)을 동시에 갖고 있음을 잊어서는 안 된다고 지크문트 프로이트(Sigmund Freud)는 말하고 있다. 인간에게 이웃은 사랑과 배려의 대상이 아니라 타고난 공격 본능을 자극하는 존재다. 인간은 이웃을 성적으로 이용하고, 이웃의 노동력을 착취하고, 이웃의 재물을 강탈하고, 이웃을 경멸

하고, 이웃에게 고통을 주고, 이웃에게 고문을 하고, 이웃을 죽이고 싶은 유혹을 느낀다. 그래서 '인간은 인간에게 늑대다'라고 프로이트는 단언하고 있다.

자아는 쾌락 본능과 대적함으로써, 인류의 문명은 파괴 본능과 대적함으로써 발전한다고 한다. 이는 프로이트의 생각이고 이를 인용한 포스텍 석좌교수 이진우 철학자는 전적으로 동의하지도 반대하지도 않는 애매한 입장 표현을 하고 있다. 입장에 따라 달라진다는 것은 확실한 기준이 없다는 말인데, 그렇다고 한다면 모든 것은 형상 없는 거짓말이라 할 수 있다. 그렇지만 인간은 허구를 지속적으로 창작해 나가지 않으면 역사를 만들 수 없어서 계속 거짓말을 하지 않을 수 없다. 정치인이 끊임없이 거짓말하는 것처럼….(장명호 생각)

원초적 에너지에 거짓말을 자꾸 더하다 보면 어떤 일이 일어나게 될까? 반드시 무엇인가 생각지도 못한 무시무시한 에너지가 되어 어떤 형태로든 지지하는 모습을 드러내게 될 것이다. 마음이 맞는 사람끼리는 함께 굴려 갈 것이고, 그렇지 않은 사람은 새로운 모습의 원초적 에너지에 또 다른 거짓말을 보태 나갈 것이다. 이것이 생태계가 살아가는 모습이다.

무제

유화 53*65 / 2017. 9. 3.

　내가 이 그림을 왜 그렸는지 알 수가 없다. 분명 이유가 있을 텐데?
최근에 읽은 책《2030 고용절벽 시대가 온다》《호모 데우스—미래의
역사》《특이점이 온다(기술이 인간을 초월하는 순간)》는 것이 무의식적으
로 영향을 준 것이 아닌지 의심해 볼 뿐이다. 그림에는 반드시 제목이
있어야 하고, 설명을 할 수 있어야 하나?

이미 있었던 것을 표현할 때는 사물의 흔적이 있어서 모든 게 가능하지만, 그렇지 않은 경우는 창작을 해야 한다. 나는 처음부터 선명한 사물을 그리는 것을 좋아하지 않았다. 아마도 이것이 나만의 취향이 아닌지 하는 생각이 든다. 이런 그림을 어떻게 생각하고 있는지 평가를 받아보고 싶다.

종교와 영성

유화 53*65 / 2017. 10. 8.

　종교는 세계를 빈틈없이 설명하고, 우리에게 예정된 목표와 함께 명료한 계약을 제시한다. 영성은 미지의 목적지를 향해 신비의 길로 데려가는 영적 여행이다. 대부분의 사람은 권위자들이 제시하는 준비된 대답을 그냥 받아들이지만, 영성을 찾는 구도자들은 그리 쉽게 만족하지 않는다.

영적이라는 것은 한쪽은 선하고 한쪽은 악한 두 신의 존재를 믿는 고대 이원론적 종교의 유산이다. 선한 신은 축복 가득한 영적 세계에 사는 순수하고 불멸하는 영혼을 창조하고, 사탄은 자신이 만든 결함 있는 피조물에 생명을 불어넣기 위해, 순수한 영의 세계에서 영혼들을 꾀어내 물질세계의 육신에 가두어 놓는다. 물질세계의 악한 육신에 선한 영혼이 깃들어 있는 것이 인간이다. 사탄은 육신이 좋아하는 미끼로 음식, 섹스, 권력을 애용한다. 육신이 허물어지면 영혼은 비로소 거기서 도망쳐 영의 세계로 돌아갈 기회를 얻지만, 육체적 쾌락을 갈구하다가 또다시 육신으로 돌아가고 만다.

이원론은 사람들에게 이런 물질의 족쇄를 끊고 영의 세계로 돌아가는 여행을 시작하라고 가르친다. 그 길을 가는 동안 우리는 어떤 물질적 유혹과도 거래해서는 안 되며, 일상 세계의 관습과 계약을 의심하고 미지의 목적지를 향해 용감하게 떠나는 모든 여행을 영적 여행이라고 할 수 있다, 이는 이원론의 유산 때문이다. 종교는 세속적 질서를 굳건히 하려는 시도지만, 영성은 그런 질서에서 도망치려는 시도이기에 근본적으로 차이가 있다. 그래서 영성은 종교에 위협이며, 신자들의 영적 추구를 견제하게 된다.[*]

---

[*] 이스라엘 역사학자 유발 하라리(Yuval Noah Harari), 《호모 데우스-미래의 역사》 (김영사, 2023) 참고

무엇이 예술인가?

유화 53*65 / 2017. 10. 23.

　예술이란 특정할 수 없고, 객관적 부동적 가치란 존재할 수 없다는 것이다.

　예술을 연극, 회화, 무용, 건축, 문학, 음악, 영화, 사진, 만화 등으로 구분하고 있지만, 이보다 쉽게 우리 삶의 모든 것이 예술이라고 이해하는 것이 좋겠다.

중요한 것은 자기의 취향에 맞는 예술 분야를 찾아 잘 키워가다 보면 주업(做業)이 되든지, 아니면 부업이 되든지, 취미가 되든지 삶에 보탬이 되는 일이라 할 수 있다. 지금까지도 그런 예술을 찾지 못했거나 찾을 생각을 해보지 않았다면 아마도 후회스러운 인생이 되지 않을까 생각된다. 나이가 들어가면서 물질적인 것은 줄여가고, 정신적인 것은 키워가야 행복한 인생을 유지할 수가 있는 것이다. 나는 예술이 정신적 기능을 향상하는데 어느 것보다도 효과적이라고 믿고 있는 사람이다.

말이란 무엇인가?

유화 53*65 / 2017. 11. 3.

인간과 세상을 연결하는 다리다. 생각을 광고하는 나팔 소리다. 허구를 창조하는 원흉이다. 우리는 아무 생각 없이 입이 있으니까 나오는 대로 내뱉는 일에 익숙해져 있다. 안다고 어떻게 할 수 있는 일은 아니지만 심심하니 조사나 해볼까 하니, 다들 동참해 줬으면 좋겠다.

만약에 우리가 말할 수 없었다면 어땠을까? 아마도 다른 동물들과 별반 다르지 않았을 것이다. 이유는 뇌의 발달과 외부와의 소통이 차단되기 때문이다. 뇌는 성장하기 위해 애를 쓰고 있는데 이를 누군가에게 알려줄 수 없다면 뇌는 스스로 진화를 포기하고 말았을 것이다.

다행히 말할 수 있는 능력이 있었기에 뇌가 만들어 내는 생각들을 세상에 지속적으로 전달할 수가 있었다. 그렇게 뇌의 할 일이 많아지다 보니 할 말도 많아지게 되고, 할 말이 많아지다 보니 자연 세상에 할 일도 많아지게 된 것이다.

인간과 세상사를 잇는 다리의 시발은 말이다. 인간의 생각이 입을 통해서 말로 나가는 순간 세상 만물과 소통을 하기 시작한다. 인간과 자연 사이에 존재하는 인공물은 모두가 '말'을 행동으로 옮긴 결과물이다.

인간은 자기 생각을 말로 표현하는 동물이다. 말하지 않고 자신을 알아주길 바라면 잘못된 생각이다. 자신을 잘 보이려고 남의 이야기를 자신의 이야기처럼 꾸미는 것도 잘못된 생각이다.

우리는 우리가 쓰는 말 가운데 얼마나 많은 말이 헛소리(구호)인지 모를 것이다. 특히 말이 많은 사람은 하는 말의 대부분이 남의 말이라 정작 본인은 무슨 뜻인지도 모르고 있다.

진실한 것은 말로 포장할 필요가 없다. 듣는 사람이 말하는 사람보다 무식하면 모든 것이 옳은 소리(말)로 들린다. 그래서 말로 먹고사는 사람 말은 곧이 곧 되로 믿지 마라. 인간은 자기 자신도 잘 모른다. 다만 자기 생각을 말로 표현할 수 있을 뿐이다.

시도 때도 없이 변하는 생각을 대변하는 말을 어찌 믿을꼬!

지난주 금요일 저녁에 내일 롯데시네마 오후 1시에 영화 구경하러 가자고 약속해 놓고 쿨쿨 잠만 자는 다 큰 딸아이, 3시에 일어나 잔다고 몰랐다네. 무시당하는 느낌이 든다. 한번 해본 소린데 믿었던 내가 잘못된 건가? 아니면 어제 이야기할 때는 가고 싶었는데, 오늘은 꼭 그렇게 해야 하겠다는 생각이 없어 마음이 바뀐 건지 알 수가 없다. 무시하는 수밖에 달리 방법이 없는데, 좋은 방법은 아닌 줄 안다. 하지만 내 마음이 그까지만 허용하니까, 어쩔 수 없다.

느낌대로

유화 53*65 / 2017. 11. 19.

《행복한 삶 그리고 고요한 죽음》의 달라이라마, "번뇌와 무지를 없애면 우리 마음은 모든 현상을 있는 그대로 지각할 것이다."

《런던에서 온 평양 여자》의 오혜선, "버리는 것이 없으면 선택이 아니다. 그리스도인의 섬김은 상대의 수준까지 내려가 주는 것이다."

《오십에 읽는 노자》의 박영규, "어린아이 마음을 가져야 천국에 갈 수 있다. 나 이외에 다른 신은 섬기지 마라. 화목한 가정에는 효자가 없다."

《고민하는 힘》의 강상중, "자아는 자존심이고 에고이다. 자기를 주
장하고 싶고, 자기를 지키고 싶고, 부정당하고 싶지 않다는 기분이 강
하게 일어난다."

《삶을 바꾸는 질문의 기술》의 엘커 비스, "마음을 비우고 (감정이나
판단을 던져 버리고) 거리를 유지한 채 상대방의 이야기를 주의 깊게 들
어보자."

《여자 없는 남자들》의 무라카미 하루키, "모든 여자는 거짓말을 하
기 위한 특별한 독립기관을 태생적으로 갖추고 있다."

《하버드 비즈니스 스쿨에서 내가 배운 것들》 최다해, "한 사람의 비
범함은 실패와 상처에서 시작되며, 특별함은 고독과 소외에서 시작된
다는 사실을 하버드에서 확인할 수 있었다."

《리더의 태도》 속 자기 계발 명사 짐 론, "지도자가 되려면 강해지
되 무례하지 않아야 하고, 친절하되 약하지 않아야 하며, 담대하되 남
을 괴롭게 하지 않아야 하고, 유머를 갖되 어리석지 않아야 한다."

《신뢰의 끈을 놓치지 말라》의 헤롤드 셔먼, "어리석은 사람은 상대
의 실수나 잘못을 헐뜯으려 하지만 현명한 사람은 상대의 실수나 잘못
에는 그럴 만한 이유가 있다고 생각한다. 다른 사람 위에 서고자 한다
면 다른 사람의 아래에 존재할 수 있어야 한다."

《산골 노승의 화려한 점심》의 양봉 스님, "무아를 사무치게 깨닫는다면 변두리와 모서리를 키우지 않는다."

《탁월한 사유의 시선》의 철학자 최진석, "생각의 높이가 시선의 높이를 결정하고, 시선의 높이가 활동의 높이를 결정하며, 활동의 높이가 삶의 수준을 결정한다."

우주공간에서 나는 무엇인가?

유화 53*65 / 2018. 1. 22.

빛은 1초에 30만km를 간다고 한다. 지구를 일곱 바퀴 반을 돌 수 있는 거리다. 만약 빛이 1초 동안 갈 수 있는 거리에서 누군가가 나를 본다고 한다면, 나를 어떻게 보인다고 할 수 있을까? 존재조차도 알 수 없는데 더 이상 무슨 할 말이 있겠는가!

내가 안다고 믿고 있는 세상은 누구도 알 수 없는 오직 나만의 세상이라고 보아야 할 것이다. 울고불고 별짓을 다 해도 고추 안에 든 번데기가 꼬물대는 거랑 다를 것이 하나도 없다. 나만 내가 제일 중요하고, 세상에서 제일 잘났다고 생각하고 있다.

그런데 누구도 나를 알아주지 않는다. 이따금 외롭고 따분하다는 생각이 든다. 인생이라는 것을 고상한 것같이 생각하고 있으나 본래 고상한 것이 아니라, 그냥 그렇고 그런 것이 아닌가 하는 생각이 든다.

한 번씩 일어나는 의식

유화 50*60 / 2018. 7. 9.

　의식적인 행위 중에 대표적인 것이 섹스하는 일이 아닌가 생각된
다. 누가 내 물건에 손은 대지 않는지, 싱싱한 내 물건이 제대로 기능
은 하는지 감시 감독한다고 신경이 곤두서서 하는 일이기 때문이다.
　인간은 주어진 시간의 5% 정도만 자기 행동을 의식적으로 통제할
수 있다고 한다. 95%를 차지하고 있는 무의식도 실은 반복적인 의식을

통해 만들어진 것이다. 다만 인식하지 못할 뿐이다. 그래서 의식은 무의식으로 흘러 들어가는 지류에 불과하다고 할 수가 있다. 의식은 정신작용이기 때문에 시간과 공간의 제약을 받지 않는다. 성공하고 싶다면 원하는 목표에 의식적인 생각을 지속적으로 집중시킬 때 이루어지는 것이다.

약자의 비극은 숙명인가?

유화 53*65 / 2018. 7. 29.

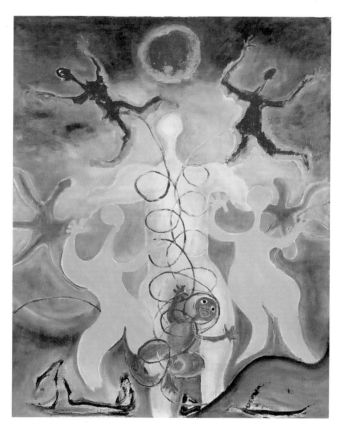

모든 약자는 숙명으로 받아들이는 것이 맞지만, 인간만은 숙명으로 받아들일지, 운명으로 받아들일지 결정할 수 있는 능력이 있다. 이 능력은 어떠한 의지가 있어야 가능한 일이다.

삶은 죽음에 예속된다

유화 53*65 / 2019. 4. 7.

생각을 조심하라. 생각이 말이 된다.

말을 조심하라. 말이 습관이 된다.

습관을 조심하라. 습관이 성격이 된다.

성격을 조심하라. 성격이 운명이 된다.

내가 생각하는 대로 나는 실현 된다.

타고난 그릇을 채우지 못하는 이유는 부정적인 감정들이 걸림돌…
이란다.

예술이란 인간 속의 신을 찾는 일이다

유화 50*60 / 2019. 6. 23.

　인간이 살아가는 현실 세계에서 우상숭배라는 건 자연스러운 현상
이다. 살아가는데 욕망을 추구할 수 있는 훌륭한 도구가 될 수 있기 때
문이다. 개인의 신상에 안녕을 위하거나 조직의 이익을 추구할 목적으
로 우상을 정하고 숭배하게 된다.

　우상이란 실체가 있는 것이다. 실체가 없는 것을 믿는 것은 우상숭

배가 아니라고 하지만, 실체가 있든 없든 비는 마음이 있으면 모든 게 우상숭배라고 생각한다. 실체가 없는 생각에서 시작하여 실체가 있는 우상으로 점점 확장되면서 숭배가 이루어지기 때문이다.

우상이란 하나의 상징이므로 어떤 우상이든 궁극적으로 추구하는 목적은 동일한 것이다. 인간은 건강을 위하거나, 안녕을 위하거나, 재물을 얻기 위해 어떤 형태로든지 소원대로 잘 되었으면 하고 바라고 있다. 그래서 생각으로 말로 형상으로 그것을 표현하게 된다. 기도하거나, 주문을 외우거나, 빌거나 절을 하거나, 노래를 부르거나, 글을 쓰거나, 춤을 추거나, 악기를 치거나 등등…. 다양한 형태로 말이다.

정화수를 떠 놓고 천지신명께 빈다, 십자가를 바라보며 하느님께 기도한다, 부처님을 향해 절을 한다, 마을의 안녕을 위해 서낭당에 고사를 올리고, 나라의 안녕을 위해 현충원에 향을 피우고 묵념한다. 가문의 안녕을 위해 사당에 제를 지내고 조상에게 제사를 지낸다. 외관상 순기능만 있어 보인다. 자연의 섭리에 순응하는 순진한 인간상이 엿보이기 때문이다.

그러나 인간은 이것으로 만족을 얻지 못하다 보니 가치 이상의 기대를 하게 된다. 가치 이상을 바라고 기도하는 마음이 생긴다면 그것이 바로 우상숭배의 시작이다. 북한에서 우상은 최고 지도자 한 사람뿐이다. 모든 국민이 자기 소원을 이루어 줄 유일한 우상으로 숭배하고 있다. 자신을 온전히 받치는 일도 주저하지 않는다면 이는 누구를 위한 우상숭배인가? 교회에서 봉사활동 한다고 가정을 소홀히 하고 분에 넘치는 헌금을 한다면 이 또한 올바른 우상숭배인가? 돈을 숭배한다고 수단과 방법을 가리지 않고 돈 만드는 일을 한다면 이 또한 올바른 우상숭배인가? 내가 잘되고자 하는 우상숭배가 반대로 가고 있다면 어떻게 해야 할까? 아마도 깊이 빠져있다면 버리기가 쉽지 않을 것이다.

　본인은 무엇이 잘못돼 있는지 잘 알지 못한다. 옳고 그른 것을 판단할 수 있는 능력이 생기기 이전에 이미 의식이 물들어 있기 때문이다. 그래서 그것이 세상을 판단하는 기준이 되었고, 그들은 대가 없는 우상숭배 놀이에 기꺼이 동조하는 것이다. 자신을 위한 우상숭배가 아닌 것은 우상숭배가 아니다. 그렇지 않다면 남의 우상숭배 놀이에 속고 있다. 속는다는 것은 어리석기 때문이고, 어리석은 것은 지혜가 부족해서 생기는 일이다. 숭배는 오직 믿는 마음 작용일 뿐이다. 우상숭배를 한다고 실제로 달라지는 것은 아무것도 없다.

행복한 마음

유화 53*65 / 2019. 7. 7.

본능 범죄는 없어질 수 있을까?

 세상에 존재하는 사물은 정지 상태로 존재하고 있을 때만 그가 갖는 본래의 가치를 인정받을 수 있다. 하지만 정지 상태로 영원히 존재한다는 것은 불가능한 일이다. 십 년이면 강산도 변한다고 하듯이 생명이 있든 없든 모든 것들이 계속 변화하고 있는 것은 자연스러운 현상이다.

이런 현상은 누구도 막을 수 없는 일이다. 또한 우주의 섭리에 따라 진행되고 있어 누구도 어떻게 변할지는 알 수가 없다. 다만 어떤 형태로든지 과하면 결국 죽게 된다는 사실을 경험으로 알고 있다. 이는 만물이 죽음이라는 종점을 향해 목숨을 걸고 가고 싶어 하는 욕망이 있기 때문이다. 아마도 죽음이 탄생으로 이어진다는 자연의 섭리가 작용하고 있는 것은 아닐지 의심이 드는 일이다.

탄생과 죽음의 과정에서 내적이거나 외적인 영향에 의해 일어나는 변화를 어떻게 평가하는 것이 올바른 일일까? 평가하는 기준도 상황에 따라 계속 변화하고 있다. 간통죄도 폐지된 마당에 성범죄가 사회 문제로 대두되고 있는 현실이 아이러니하다는 생각이 든다. 생물이 탄생해서 죽음에 이르는 사이 일어나는 성에 관한 문제는 결코 사라질 수도 없고, 사라져서도 안 될 일이다. 본질적으로 성관계란 좋다 나쁘다가 아니라 자연스러운 일이다.

지금에 와서 자연스러운 일이 유독 문제가 되는 것일까? 사장이 여직원을 성희롱하고, 정치가가 비서를 성폭행하고, 선생이 제자를 성희롱하고, 감독이 배우를 성폭행하고, 윗사람이 아랫사람을 성희롱하고, 이웃집 총각이 옆집 유부녀를 성폭행하는 사건들이 하루가 멀다고 뉴스가 되고 있다. 가해자 입장에서 보면 들켜서 재수가 없다고 할 수 있겠으며, 피해자 입장에서는 아무래도 무시당한 자유의지의 침해를 묵과할 수 없는 억울한 일이라 생각할 수 있다.

이런 사건 대부분은 어느 순간 갑자기 일어난 일이라고 보기는 어렵다. 자주 만나게 되고 그럴 때마다 넌지시 어떻게 하겠다는 의도를 사전에 상대에게 흘렸을 확률이 높다. 피해를 보거나 손해를 보지 않으려는 의도가 있어 마지못해 상대를 받아주는 관계라면 자유의사가 아니라고 말할 수 있을까? 대체로 성범죄가 여성보다는 남성이, 돈 없는 사람보다는 돈 있는 사람이, 권력이 없는 사람보다는 권력이 있는 사람 중에 가해자가 많지 않겠나 하고 일반적으로 생각할 수 있지만, 나는 그렇게 생각하지 않는다. 근본적으로 이성이 있는 곳이라면 어디에서나 일어날 수 있는 일이기 때문이다. 드러나면 성범죄이고 드러나지 않으면 성범죄가 아니라면, 드러나서 피해를 보는 사람은 반성하기보다는 재수가 없어 그렇다고 한탄하게 될 것이다. 성인 남성이 평생한 여자와 성관계했다고 한다면 믿을 수 있겠나? 만약 그렇지 않다면 재수가 좋아 들키지 않았기 때문이다. 아마도 남녀 간에 바람피운 것이 양심에 따라 법의 심판을 받는다면 지금의 구치소 교도소의 감방으로는 어림도 없을 것이다.

종교적으로 낙태 시술이나 자위행위는 부정적인 시선으로 바라보는 경향이 있다. 교황이나 신부나 스님이나 목사는 정말 자위행위를 한번도 하지 않았을까? 생리적인 현상인데 혈기 왕성한 젊은 시절에는 어떻게 했을까? 생명을 중시하기 때문이라지만 그보다 자신들에게 시주할 재원이 줄어들 수 있다는 이유가 커 보인다. 인구가 많아야 신자가 많을 확률이 높고, 신자가 많아야 헌금하는 사람이 많아지고, 헌금이 많아야 부자가 되고, 부자가 되어야 하고 싶은 것을 마음대로 할 수 있는 힘이 생기기 때문이다. 자신들은 하지 않으면서 사정이 있어, 그렇게 못하겠다는데 이래라저래라 참견하는 일은 온당치 못한 것 같다.

이따금 신부가 목사가 스님이 신자와 불륜이 있었다는 소문이 있고보면 성에 대한 본능은 누구도 어쩔 수 없는 일이구나 하고 감탄하게된다. 예쁜 여자를 보면 시선이 자꾸 간다. 가슴이 드러나고, 옷이 짧아질수록 남성의 시선이 자꾸 가는 것은 당연한 일이다. 더 가까이서 보고 싶고, 손을 잡아보고 싶고, 껴안아 보고 싶고, 키스도 하고 싶은 생각이 드는 것이 잘못된 일인가?

여자의 마음도 이와 같다면 둘 다 아주 정상이라고 생각한다. 마음대로 이뻐지겠다고 성형하고, 벌이 나비 찾듯이 향수며 화장품이며 있는 대로 뿌리고 발라 냄새 풀풀 풍기면서, 젖가슴도 보일 듯 말 듯 하게 상의를 걸치고, 치마인지 팬티인지 분간도 되지 않을 정도로 짧고 짝 달라붙은 옷을 입고 다니면서 남자들이 몰카 찍는다고 파렴치하단다. 꿀이 좋아 벌과 나비가 꽃술에 꿀을 빨아 먹는 것이 무슨 잘못인가? 그렇게 다니는 자기들은 뭔데? 본심이 무엇인지 알고 싶다. 뭔가 속내가 있지 않을지 의심이 든다.

성직자가 생명을 중시한다고 낙태하지 못하게 하는 것이나, 여성이 다 내놓고 냄새 풍기며 남성을 혐오하듯 대하는 모습이 앞뒤가 맞지 않는 숨겨진 의도가 있어 보인다. 그래도 다행스러운 것은 뉴스에 나올 정도의 대단한 사건이 그리 많지 않다는 것이다.

누구나 완벽할 수는 없다. 인간이 생긴 것이 천태만상인데 무슨 일인들 없겠는가! 서로서로 이해하면서 두루뭉술 넘어가는 일이 훨씬 많으니, 생각보다 세상이 그리 나쁘지만은 않은 것 같다. 좋은 유전자를 물려받고 좋은 환경에서 살며, 공짜 바라는 마음이 없다면 적어도 사회적으로 뉴스거리는 만들지 않는다. 좋지 않은 유전자에 좋지 않은 환경에서 빈곤과 결핍을 경험한다면 들인 노력보다 더 많은 것을 얻고 싶은 유혹에 넘어갈 확률이 높다. 보상받고 싶은 심리가 무의식중에 작용하기 때문이다.

성범죄에는 의식이 없는 상태에서 이루어지는 성범죄와 힘의 차이가 너무 커 어쩔 수 없이 당하는 경우의 성범죄가 문제가 된다. 본인의 의지가 무시된 채 이루어지는 성범죄는 마땅히 없어져야겠지만 쉬운 일이 아니다. 사람을 죽이면 벌을 받는다, 도둑질하면 벌을 받는다, 음주 운전을 하면 벌을 받는다고 아무리 이야기해도 같은 일들이 계속 일어나고 있다. 하물며 본능적으로 피할 수 없는 욕구를 완전히 없앨 수 있다고 기대하는 것은 맞지 않는다. 만인의 행복과 개인의 존엄을 지키기 위해서 법이 필요하지만, 그것을 지키지 않는다고 절망할 필요는 없다. 애초에 완벽함이란 존재하지 않기 때문이다.

인간의 본성에는 우리가 말하는 선과 악의 성질을 다 갖추고 있다. 또한 상황에 따라 천사에서 악마로 할 수 있는 짓을 다 할 수 있는 능력이 있다. 그래서 세상에는 상상할 수 없는 어떠한 일이라도 일어날 수 있는 것이다. 더러워진 유전자와 더러운 환경에 오염된 탓에 인간으로서는 할 짓이 아닌 일이 일어나더라도 어쩔 수 없는 일이다. 가해자도 그 순간 자신을 어찌할 수 없기 때문이다. 우주의 섭리에 따라 존재하는 인간이 우주의 섭리에 따라 살아가면서 본능적인 욕망을 일정한 틀에 맞추려고 너무 애쓰는 것은 바람직하지 않다. 생명은 종족 번식을 위해 어떠한 짓이라도 하고 싶어 하도록 이미 두뇌에 프로그램되어 있다. 오염된 프로그램으로 인해 일어나는 성범죄가 뉴스가 되긴 하겠지만, 얼마든지 있을 수 있는 일이거니 하고, 안타까운 마음으로 받아들이는 것이 좋겠다.

사고가 터지고 나면 예방할 수 있었는데 하고 사방에서 난리다. 사고 내고 싶은 사람이 어디에 있겠는가? 혹시 있다면 그는 정신이 이상한 사람일 것이다. 인간은 완전하지 않기 때문에 어떠한 일이라도 일어날 수 있다는 허용하는 마음이 컸으면 좋겠다.

KBS 드라마 〈여름아 부탁해〉에 상미라는 이혼녀가 고등학교 동창인 금희라는 친구의 신랑을 유혹해 임신하게 되어 금희가 이혼하게 될 상황이 되었다. 상미는 아이를 가졌으니 준호와 반드시 결혼해야겠다고 금희한테 이혼하라고 한다. 준호는 자기 아이라고 낙태 수술을 원하지 않는다. 아이를 갖지 못해 입양한 여름이라는 아이를 위해 이혼을 결심한 금희는 마트에서 아르바이트하는 중이다. 도덕적으로 보면 상미와 준호는 나쁜 사람이지만, 일어나고 있는 실체는 본능적인 행동을 하는 것이다. 한마디로 딱 잘라서 좋다 나쁘다고 말하기는 어려운 일이다. 상미와 준호의 불륜관계가 일어나지 않아야 하지만 이미 일어나고 말았다. 이들이 선택할 방법은 상미가 아이를 유산하고 준호와 헤어지거나 준호와 결혼하여 아이를 낳고 사는 일이다.

어떠한 선택을 하든지 그동안 일어난 풍파를 잠재우기는 쉽지 않아 보인다. 오직 답이 될 수 있다면 시간밖에 없어 보인다. 지금에 와서 성에 대한 문제가 커지는 것은 이성 간에 힘이 비등해지기 때문이 아닌가 생각된다. 앞으로도 양성 간에 기울기의 변화는 있을 수 있겠지만 인간이 존재하는 한 성범죄란 영원히 사라질 수 있는 문제는 아닌 것 같다.

육체는 선명하고, 영혼은 애매모호하다

유화 53*65 / 2019. 7. 14.

기도는 이루어지는가?

어쩐 일인지 해를 거듭할수록 날씨가 점점 더 더워지고 있다. 어린 시절 겨울이면 함박눈이 밤새 내려서 아침이면 쌓인 눈을 치운다고 애를 먹었던 기억이 난다. 지금은 그런 눈을 보기가 점점 어려워지고, 여름은 점점 길어지고 있다. 익숙하지 않은 더위 탓에 올 더위는 어떨지

은근히 걱정이 앞선다. 제발 올여름에는 더위 때문에 힘들지 않았으면 하는 바람 때문인지 내심 걱정이 된다.

　내가 바라는 마음과 일어나는 더위는 어떠한 관계가 있을까? 자연은 자연대로 바람이 있고, 인간은 인간대로 바람이 있다. 초파일(석가모니 탄생일 음력 4월 8일)이면 어머니는 등을 달고 절을 하셨다. 무슨 생각을 하면서 절을 하셨을까? 아마도 아이들이 건강하게 잘 자라고, 공부 잘하고, 아버지 돈 많이 벌게 해달라고 빌지 않았을까 짐작한다. 정작 본인의 안위는 아랑곳하지 않으셨을 것이다. 내가 잘 알지는 못하지만 나보다 힘이 세다고 생각되는 무엇인가에 굽신굽신 조아리면 내 소원을 들어줄 것이라 믿고 있기 때문이 아닐지 생각한다.

　본능적인 에너지의 확장이다. 보잘것없는 에너지가 점점 확장되어 우주의 에너지와 맞닿아지도록 바라는 마음이 간절하다. 그래서 똑같은 행동을 계속 반복하고 있다. 오랜 세월이 흘렀지만, 여전히 묵묵부답이다. 대답하지 않는 것인지 대답을 하는데 알아듣지 못하고 있는 것인지 누구도 알 수가 없다. 신앙을 가졌거나 가지지 않았거나 기도의 응답이 있든 없든 자기 방식대로 하는 기도는 영원히 사라지지 않을 것이다. 이유는 자기 자신을 위해 암묵적으로 기댈 수 있는 유일한 방법이기 때문이다. 이웃을 위하고, 교회를 위하고, 국가를 위하고, 세계평화를 위한다고 떠들어대는 것은 헛소리일 수 있다.

　자신을 위한 기도가 한 발 더 나가 하느님과의 틈 사이에서 이익을 얻으려는 수단으로 이타심을 강조하면서 종교가 세를 계속 키워 나가고 있다. 종교가 변질되면 기도하는 자가 기도를 시키는 자의 노예가 되어 정체 없는 괴물의 덩치를 키우는 일에 동원될 수도 있다. 한번 짚고 넘어가자. 내가 하는 기도의 목적은 무엇인지, 기도하는 목적이 정당한지, 기도하는 방법이 남에게 피해가 되지 않는지, 내가 원해서 하는 것인지 등등…. 경전에 그렇게 되어 있다고 곧이곧대로 믿고, 교사가 가르치는 대로 생각 없이 받아들이는 비율이 높을수록 내가 바라는 기도와 멀어질 수도 있다.

성경에 이스라엘이라는 곳은 꿀이 흐르는 살기 좋은 땅이라고 한다. 끊이지 않는 종교전쟁으로 지금은 피가 흐르는 지옥 같은 땅이 된 지 오래다. 그러나 여전히 성경에는 꿀이 흐르는 살기 좋은 땅이라고 주장한다. 결국에는 생각이 있는 자는 헤엄쳐 살아나올 수 있을 것이나, 생각이 없는 자는 펄 속에 갇혀 죽게 될 게 뻔하지 않은가.

북한에서 고난의 행군 시기에 시키는 대로만 하고 살던 사람은 다 죽고, 생각이 있어 불만을 느끼고 탈출한 사람은 다 살아남았다고 한다. 내가 하는 기도는 전부가 내게 이롭게 해달라는 내용이다. 물질이 작용하지 않는 정신적인 작용인 기도만으로 내가 바라는 것을 이룰 수 있을까?

종교는 교리를 바탕으로 기도한다. 교리란 현실 세계와 이상세계에 서 있을 법한 이야기로 꾸민 이야기책이다. 지식과 힘으로 아무 생각 없는 사람들에게 다가가 유혹하는 도구가 교리다.

오늘날 누구나 학원 한 번씩 안 다녀 본 사람은 없다. 온갖 방법으로 자기 학원이 좋다고 선전하고 있다. 텔레비전이나 라디오나 지하철이나 광고판에 온갖 선전물이 넘쳐나고 있다. 하나같이 자기 것이 최고라고 한다. 과연 이들이 바라는 것은 무엇일까? 바로 이용료를 받기 위해서다. 학원 가면 학원비를 내야 하고, 병원 가면 치료비를 내야 하고, 식당가면 음식값을 내야 하고, 교회 가면 헌금을 내야 하듯이 어디를 가나 내 것 아닌 것을 이용할 때는 비용이 따른다. 들어간 비용을 빼고 남는 이익이 이들이 원하는 궁극적인 목적이다. 이 목적을 위해 성향에 따라 소극적이든 적극적이든 기도를 한다. 개인은 개인대로 단체는 단체대로 기도한다는 것은 바라는 일이 잘되도록 관심을 두는 일이다.

기도해서 이루어질 일이면 기도하지 않아도 이루어지고, 기도해서 이루어지지 않는 일이면 기도하지 않아도 이루어지지 않는다. 기도란 자의에 의해서 하는 기도와 타의에 의해서 하는 기도가 있다. 자기 스스로가 시간과 장소와 형식에 구애받지 않고 마음 내키는 대로 원하는 것을 이루고자 하는 마음으로 하는 기도는 무신론자가 좋아하고, 신앙이 있는 신자라면 자유기도 보다는 교리에 기초한 정해진 의식에 따라 행하는 기도가 일반적이라고 생각한다.

나는 지금까지 살면서 간절한 마음으로 기도했던 기억은 떠오르지 않는다. 건성으로, 형식적으로 이루어지면 좋고 이루어지지 않아도 그만이라는 마음으로 기도했던 것 같다. 간절하게 기도하면 이루어지고 간절하지 않으면 이루어지지 않는지 아직도 잘 모른다. 그래서 강요하는 기도를 그리 좋게 생각하지 않는다.

기도하는 마음은 어때야 할까? 기도하는 마음이 정숙하면 기도가 이루어지고 정숙하지 않으면 기도가 이루어지지 않는지 잘 모르겠다. 기도를 해야 좋은지 하지 않는 것이 좋은지도 잘 모르겠다. 그냥 어떤 목적이 있어서보다는 분위기에 따라 보조를 맞추는 보편적인 모습의 타성에 젖은 기도를 한다.

나는 나에게 떨어지는 수수료 없는 일에 필요 이상의 에너지를 낭비하는 것을 원하지 않는다. 그 기준은 마음속으로 나 스스로가 정한다. 환경이나 강요에 의해 어쩔 수 없이 하는 기도는 바람직한가? 이런 기도는 개인의 바람보다는 조직의 바람이 우선일 수 있고 개인의 기도는 조직을 위한 희생의 기도가 될 확률이 높다. 조직이 비대해지고 의도가 불순하면 기도라는 이름을 빌려 악령의 힘을 키우는 수단이 될 수도 있다. 세상에는 이런 사람도 있고 저런 사람도 있다. 그러다 보니 자기 생각대로 사는 사람도 있고, 남의 생각대로 사는 사람도 있다.

그래서 어떻게 사는 것이 좋다 나쁘다고 이야기할 수 없는 문제다. 집을 짓는 데 나무도 필요하고, 시멘트도 필요하고, 벽돌도 필요하고, 철근도 필요하고 등등 많은 것이 있어야 한다. 나무 중에서도 커다란 목재, 중간 크기의 목재, 작은 크기의 목재가 용도에 따라 각각 쓰임새가 다르다. 외형만을 놓고 쓰기도 전에 작은 목재를 보고 너는 작아서 필요 없다고 할 수만은 없는 일이다.

사람 사는 세상도 이와 다를 바가 없다. 그래도 나는 보잘것없는 나무에 너는 왜 그 모양이냐고 말하고 싶다. 들으면 기분 나쁠지 모르니 속으로 말이다. 나보다 나은 사람이 나를 보면 똑같은 마음일 것으로 생각한다. 그러나 내가 들을 수도 없고 설령 듣는다 해도 어쩔 수 없다. 내 생각대로 살고 싶은 욕망을 무시할 수가 없다. 내 생각대로, 내 의지대로, 내 방식대로 기도할 수 있는 자유로운 세상이면 좋겠다. 비용도 지불하지 않고 기도라는 또 도깨비 같은 힘을 빌려 비용을 챙기는 일은 적당했으면 좋겠다. 그렇다고 남에게 이용만 당하고 바람이 이루어지지 않는다고 기도가 필요 없다고 만은 할 수 없는 일이다. 기도가 이루어지지 않더라도 마음을 모을 수 있고, 희망을 품고 기댈 수 있는 유일한 수단이라는 것을 부인할 수 없는 일이기 때문이다.

　지금껏 기도란 정말 이루어지는가 하고 의심스러운 눈초리로 바라보았다. 그래도 한편으로는 내가 하는 기도가 이루어졌으면 좋겠다는 희망을 완전히 떨칠 수는 없다. 2019년 7월 13일 자 〈조선일보〉에 교회 담임목사가 100억 원대 교회 돈 배임 횡령 혐의로 기소되었다는 기사가 실렸다. 재판부의 판결 요지는 "누구보다도 청렴하게 절제된 삶을 실천해야 할 피고인이 교회를 마치 자신의 소유인 것처럼 범행을 저질렀다"라고 했다.

　순간 기도가 이루어지지 않는 것이 천만다행이라는 생각이 들었다. 기도를 업으로 하는 사람이 나쁜 마음을 먹고 기도를 해서 다 이루어진다면 세상이 온전할까 하는 의심이 든다. 그래도 그렇게 되지 않는 것을 보면 기도로 장사하는 사람의 속내를 어느 정도 이해할 수 있어 다행스럽다. 욕심이 과하면 잘 보이지 않는다. 기도가 이루어지고 안 이루어지고 하는 것은 본인의 노력에 달려있다고 생각하고 열심히 사는 것이 최선이겠다. 고로 하느님의 뜻이 내 뜻이 아니겠는가!

아무리 애를 써도 찾을 수 없다

유화 53*65 / 2019. 7. 21.

내가 바라는 세상.

날이 더워지니 욕실 타일 벽이나 거울에 작은 하루살이가 붙어있다. 보자마자 재빨리 손가락 끝으로 힘껏 눌러 죽인다. 욕실은 깨끗해야 한다는 생각에서 무의식적으로 나오는 자연스러운 행동이다. 하루살이에 대해 아무 감정도 없다. 어저께는 모 대학 미술관 건물 벽에 붙어있던 벽돌이 떨어지면서 밑에서 쉬고 있던 미화원이 죽고 말았다. 어떤 의도를 갖고 한 일도 아니다. 이처럼 세상은 의도가 있건 없건 서로가 충돌하면서 부식되어 본래의 모습으로 돌아가려고 애를 쓰고 있다. 자연스러운 현상이다.

충분한 시간이 소요될 사건들이 그렇지 못하거나 그럴 위험성이 생길 경우 인간은 경계하게 된다. 주어진 환경에서 자연스러운 변화에 필요한 시간을 최대한으로 만끽하기 위한 욕망이 있기 때문이다. 따뜻한 옷을 입고, 맛있는 음식을 먹고, 좋은 집에서 살고 싶어 하는 마음의 원천은 오직 하나다. 그 이상이 있다고 생각한다면 그것은 아무 의미가 없는 사치에 불과할 뿐이다. 저마다 원하는 것은 같으나 생긴 모양이나 환경에 따라 얻을 수 있는 것은 같을 수가 없다.

식물은 저마다 좋은 공기 마시고 깨끗한 물을 먹고 싱싱하게 잘 자라 영원히 살고 싶어 할 것이고, 동물은 풍족한 먹거리가 있어 걱정 없이 편안하게 종족 번식을 통해 영원히 살고 싶어 할 것이고, 인간은 살기 좋을 환경에서 영원히 살아가고 싶은 욕망을 두고 있을 것이다. 결국에는 무한하고 싶은 욕망은 유한한 현실에 무릎을 꿇고 말게 된다. 모든 생명이 유한한 세상에 존재하므로 추구해야 할 모든 것들도 유한한 세상에서 찾아야 이치에 맞는 일이다. 그렇다고 눈앞에 보이는 유한한 세상에만 집착하다 보면 자신도 모르게 무한한 세상의 먹이가 될 수도 있다. 집착하는 동안에는 알기가 쉽지 않다. 유한한 세상과 무한한 세상이 돌고 도는 것은 누구의 탓도 아니다. 그냥 그렇게 있는 것이다. 누구의 힘으로 어떻게 할 수 있는 것이 아니기 때문에 그대로 받아들여야 한다.

가축이 풀을 뜯어 먹고, 육식동물이 초식동물을 잡아먹고, 인간이 가축을 잡아먹으면서 미안한 생각은 하지 않는다. 만약에 인간을 잡아먹는 어떤 물체가 있다면 어떨까? 있다면 인정하기 싫겠지만 당연하게 받아들여야 한다. 내 힘으로 어쩔 수 없는 환경과 맞닥뜨린다는 것은 숙명이기 때문이다. 집에서 기르는 가축은 언젠가는 인간의 먹잇감이 되고 만다. 그러면 살아가는 동안 결국에는 인간의 먹잇감이 되기 위해 죽어야 한다는 것을 알고 있을까? 죽는 날까지 어떻게 살고 싶은 욕망이 있을까 궁금하다. 인간의 상위 물체가 있다면 그들도 궁금해할 것이다.

그러나 누구도 알 수 없는 일이다. 오직 본인들만 알고 있을 뿐이다. 그래서 세상은 본인들만 알고 있는 세상에 맞춰 돌아간다. 환경에 따라 방법은 달라도 추구하는 근본은 같다.

아프리카 사막 한가운데 마사이라는 부족이 살고 있다. 새카만 몸매에 걸친 옷이라고는 바지도 아니고 치마도 아닌 천으로 하체를 가리고 있다. 안에 팬티는 입었는지 참으로 궁금하다. 집이라고는 나무막대기를 엉성하게 엉겨놓고 흙으로 듬성듬성 벽을 발라 놓았다. 집도 아니고 헛간도 아닌 곳에서 가족이 맨땅에서 먹고 자고 생활한다. 먹거리라고는 찌그러진 냄비 하나에 옥수숫가루로 죽을 쑤어 먹고 살아간다. 이들이 알고 있는 세상은 나고 자란 사막에서의 환경이 전부다. 이들이 바라는 행복이란 어떤 것일까? 그래도 다행인 것은 행복해 보인다는 것이다. 여행객을 보면 없는 살림이지만 집에 초대해서 차와 먹을 것을 대접하고 싶어 한다.

이라크의 모술이라는 지역에 IS(급진 수니파 무장단체) 본부가 있다. 국제 테러 조직으로 종교가 다른 공동체를 공격하여 개종하지 않는다고 성인 남성을 총살하고, 어린아이들에게 특공대 교육을 해 자살특공 요원을 만들고, 여자들은 납치하여 강간과 폭행을 하고 성노예로 거래 하고 있다고 한다.

이런 절망적인 상황은 무엇 때문에 일어나고 있는가? 유일하게 남 아 있는 공산 독재국가인 북한에서는 국민이 노예다. 시키는 대로 하 고, 주는 대로 먹고, 자유라고는 눈곱만큼도 찾아볼 수가 없다. 억압 과 통제가 심하여 외부 세계를 접해 볼 수 있는 기회가 없다 보니 독재 자의 말이 지식의 다다. 따르지 않는 자는 없어져야 하고, 따르는 자는 노예가 되어야 한다.

그래서 자유나 인권은 본래부터 존재하지 않는다. 이들이 알고 있 는 지식으로 행복이라는 것을 어떻게 생각하고 있을까? 오랜 세월이 흘러 대다수 국민이 세상이란 다 이런 것이구나 하는 의식에 물들다 보니 이상하게 돌아가는 세상이 조금도 이상하지 않은 세상으로 자연 스레 받아들여지고 있다. 잠시라도 눈을 돌릴 낌새가 느껴지면 각종 행사나 교육을 통해 다른 생각을 할 틈을 주지 않는다. 그러고도 부족 하다 싶으면 각종 도발을 일으켜 수령이라는 사람이 인민을 위해 엄청 나게 고생하고 있다는, 그래서 우리도 잘해야겠구나! 하는 마음이 생 기도록 사기 치는 일을 서슴지 않는다.

우리에 갇혀 사는 가축은 자기 모습이 당연하다고 생각하고 있지 만, 자유로운 가축이 볼 때는 무척이나 불쌍하고 바보 같아 보인다. 이 유는 갇혀 사는 가축은 자유라는 것을 경험하지 못했기 때문에 다른 세상이 있다는 것을 알 수가 없기 때문이다. 이따금 탈북한 사람이 자 유세계를 경험하고 하는 말이 이곳이 바로 천국이구나 하고 감탄하는 것을 보았다. 능력도 없으면서 강제적인 힘으로 똑같은 인간을 짐승처럼 다스린다는 것은 있을 수 없는 일이다.

세상이란 누구의 것이 아니라, 모두의 것이기 때문이다. 권력이란 독점력이 강해 처음에는 권력을 잡기 위해 함께 싸웠던 동지라도 장애가 된다면 결국에는 없애버리고 만다. 무계급사회라고 주장하는 공산주의는 계급이 없는 사회인가? 사유재산을 폐지한다는 사회주의는 과연 사유재산이 없는 것인가? 모든 것은 다 거짓말이다. 힘 있는 소수가 먹고산다고 정신없는 다수를 사유화하기 위한 도구로 엉터리 주장을 강제적인 힘으로 밀어붙이고 있다. 이것을 어느 측면에서 보면 좋아 보일까?

권력도 없고 큰 재산도 없는 내가 보기에 계급도 없고 사유재산도 없으면 좋지 않을까 하는 생각이 살짝 들기도 한다. 그래서 잘 모르면 믿을 수도 있겠지만 알고 나면 절대 믿을 수가 없는 일이다. 속내는 좋은 것은 힘 있는 내가 하고, 싫은 것은 힘없는 네가 하라고 하는 식이다. 한편에서, 너무 오랫동안 집권하다 보면 문제가 생길 수 있다. 그렇다고 그 문제를 해결하겠다고 수단과 방법을 가리지 않는 것은 좋은 방법이 아니다.

전대협이니 한총련이니 주사파니 하며 국민을 핍박하는 곳에 가서 힘을 빌리고자 기웃거리는 것은 환영할 일이 아니다. 돈이 필요하다고 아무 데서나 돈을 빌려 쓰다 보면 그것이 빌미가 되어 가진 재산을 다 날리게 된다. 서로가 적이라고 못 잡아먹어 안달하는 마당에 동지가 되고 싶다면 좋아하는 사람이 가면 되지! 않겠나!

자신이 바라는 대로 일이 잘되면 고생했다고 권력을 나눠서 잘 먹고 잘살지 모르겠으나, 힘없는 국민에게는 도움 될 일은 없지 않겠나? 좌파의 속성은 하향 분열성이 강해 평준화하는 힘은 있으나 확장성과 상향성이 없어 발전 가능성이 적을 수밖에 없다. 권력을 잡아 본인이 잘살아 보겠다는 것인지, 국민을 잘살게 만들겠다는 것인지 속내가 궁금하다. 말로는 국민을 위한다고 해놓고 목적 달성이 이루어지면 언제 그랬느냐는 식으로 말을 바꾸는 것을 대수롭지 않게 생각하는 것은 지금까지 해온 공산주의의 수법이다.

하고 싶은 말도 마음대로 할 수 없고, 쓰고 싶은 글도 마음대로 쓸 수 없고, 살고 싶은 곳에 살 수 있도록 이사도 마음대로 할 수 없고, 가고 싶은 해외여행도 마음대로 할 수 없는 세상에 살고 싶은 사람이 있을까? 그렇게 하고 있는데도 가까워지고 싶어 안달하고 싶어 하는 사람의 속내를 알다가도 모르겠다.

동물의 왕국이라는 프로그램을 보니 암놈을 차지하겠다고 커다란 뿔을 가진 수사슴 두 마리가 있는 힘을 다해 싸우다가, 결국에 싸움에 진 수사슴은 잽싸게 도망가 버리고 승리한 수사슴이 숨을 헐떡이며 의기양양해 있을 때, 옆에서 사냥감을 지켜보던 늑대무리가 나타나 지친 수사슴을 사냥하는데, 싸움에서 이겨야겠다는 생각에만 몰두한 나머지 너무 지쳐 얼마 달아나지 못하고 잡아먹히게 되었다. 결국에는 이긴 사슴이 진 사슴만도 못한 결과가 되었다.

아무리 옳은 일이라도 도가 지나치면 하지 않는 것보다 못하다는 교훈을 주고 있다. 내가 바라는 세상은 자유가 있어야 한다. 자유를 지키기 위해 힘이 있어야 하고, 힘이 있기 위해 튼튼한 나라가 있어야 한다. 튼튼한 나라는 분열이 있어서는 안 된다. 분열이 생긴다면 수사슴처럼 싸우는 데 몰두하다가 나라를 지키기 어려워진다.

알 수 없음

유화 50*60 / 2019. 7. 29.

생각의 틀과 마음 자세

세상에서 제일 똑똑하다는 인간이라도 세상일을 다 알 수는 없다. 몸소 경험했던 일이라면 어느 정도 안다고 이야기할 수 있다. 그렇다고 세상일을 다 경험한다는 것은 불가능한 일이다. 그러다 보니 간접적인 경험을 통해 세상을 바라보는 나름의 프레임이 만들어지게 된다.

알고 보면 그것은 묶어서 생각하는 희망 사항이지 완전히 거짓말이다. 선생님 하면 훌륭하고 존경받을 만한 사람이라고 생각한다. 중생을 제도하는 신부나 목사나 스님도 그런 사람이라고 생각한다. 돈이 많은 부자는 부러워하면서도 존경할 정도의 인물은 아니라고 생각한다. 권좌에 앉아 있는 힘 있는 사람을 이유 없이 가까이도 멀리도 하고 싶어 한다.

나는 선생을 한 적도 없고, 신부나 목사나 스님도 된 일도 없다. 그리고 돈이 많은 부자가 된 일도 높은 자리에 권력을 가진 적도 없다. 그런데도 나름의 생각 틀이 만들어져 있다. 내가 직접 경험하기 전에는 만들어진 틀로 세상을 바라볼 것이다. 어차피 모든 것을 다 직접 경험할 수 없기 때문이다.

요사이 정보를 교환할 수 있는 매체, 특히 인터넷이 잘 발달하다 보니 세상에서 일어나는 사건들을 언제든지 보고 들을 수 있다. 보고 듣는 것만으로는 정보의 정확한 이해가 어렵다. 좀 더 정보 전달을 정확히 하겠다고 어디나 정보를 설명해 주는 사람이 있다. 기자, 해설자, 평론가 등이 자기 프레임을 통해 사건을 재구성하여 전달해 준다. 이해하기 좋도록 설명해 주는 매체가 있는데도 믿을 수가 없다. 사건의 정확한 파악이나 객관적인 평가 능력이 어떤 이유에서든지 부족하기 때문이다.

본래 맞는다고 생각했던 프레임이 어떤 이유에서인지 점점 변해가고 있다. 누구나가 변해가는 프레임을 따라가지 않는다면 세상에는 일어나지 말아야 할 일들과 점점 더 자주 직면하게 된다. 그러다 보면 혈압도 올라가고 심장병이 생길 위험도 커진다. 모든 일들이 발전하다 보면 점점 더 세밀한 부분까지 관심을 두게 되는 것은 당연한 일이다.

생각의 틀을 바꿔야 할 때다. 선생님이 제자를 성폭행하고, 상관이 부하직원을 성폭행하고, 성직자가 신도를 성폭행하고, 변심했다고 애인을 죽이고, 재산 때문에 자식이 부모를 죽이고, 권력이나 이념이나 종교 때문에 인간의 목숨을 파리 목숨보다 못하게 여기는 끔찍한 일이 끊임없이 일어나는데, 상식적으로 내 프레임으로는 도저히 일어나서는 안 되는 일들이 자꾸 일어나고 있다. 훌륭하다고 생각했던 선생님도 신부님도 목사도 스님도 강간도 하고, 사기도 치고, 살인도 할 수 있고, 돈 때문에 자식이 부모도 죽이고, 변심했다고 애인도 죽이고, 꼴 보기 싫다고 몰래 막걸리에 농약을 타서 이웃을 죽이고, 판사가 노출증 환자가 되기도 하는 것이 절대 이상하다고 생각할 일이 아니다.

다 이유가 있어서 일어나는 일인데 무시하며 왔다. 그래서 사실을 사실대로 보지 못하고 막연하게 갖고 있는 자신의 프레임으로 세상을 판단하게 되는 것이다. 스승은 제자에게, 성직자는 신자에게, 원장은 원생에게, 상관은 부하직원에게, 자식은 부모에게 '절대 못 할 짓을 해서는 안 될 일'이라고 단정된 프레임을 '인간이면 누구나 일어나서는 안 될 일이 없다'는 프레임으로 바꾸어야 세상을 이해하는 데 도움이 될 수 있을 것이다.

뉴스를 보면 대통령 당신, 뇌물 받았지? 국회의원 당신, 인사 청탁했지? 검사장 당신, 성 상납 받았지? 회장 당신, 금품로비 했지? 가수 당신, 동영상 유포했지? 사장 당신, 비자금 조성했지? 깡패 당신, 살인했지? 배우 당신, 음주운전 했지? 아들 당신, 아버지 죽였지? 소장 당신, 여직원 성희롱했지? 아저씨 당신, 막걸리에 농약 탔지…?

하루도 거르는 날 없이 많은 사건이 일어나고 있다. 하나같이 네가 네 죄를 알고 있냐고 하고 물으면 처음부터 안다고 하는 사람이 한 사람도 없다. 어떨 때는 죄도 없는 사람을 불러서 죄를 덮어씌우는 것은 아닌지 의심이 들 때도 있다. 그러다가 1차 조사하고 2차 조사하고 3차 조사하고 시간이 지날수록 진실이 드러나기 시작한다.

높은 사람일수록 솔직해야 한다고 믿고 있었는데 높은 사람일수록, 돈이 많은 사람일수록 거짓말도 훨씬 잘하는구나! 하는 생각이 들 때 너무나 실망스럽다. 나보다 나으니까 잘하겠지, 하고 믿고 있었던 내가 참으로 한심스럽구나 하고 자신을 자책하게 된다. 이 또한 나쁜 사람이라고 생각했던 도둑놈이나 사기꾼 깡패들만 하는 일로 알고 있었는데 이 또한 잘못된 프레임이었다.

누구나 법을 어기고 나쁜 짓을 할 수 있다는 것을 다시 한번 깨닫게 돼서다. 촛불 집회로 정권 교체하고 적폐 청산한다고 난리였는데 3년이 지난 지금도 적폐 청산한다고 떠들고 있다. 정권 잡기 전에는 남의 적폐만 캐고 다니다 정권 잡고 나서는 달라질 줄 알았는데 하는 짓을 보니 그놈이 그놈이구나 하는 생각에 실망스럽다.

정치적으로 우파니, 좌파니 서로 싸우는 모습에서 국민은 안중에도 없고 자기들 이익만을 위해 국민을 이용해 먹을 궁리만 하고 있다. 우파에서 오랫동안 정권을 잡다 보니 부정부패가 사방에서 문제가 되었고, 좌파에서 이를 청산해야 한다고 싸워서 승리하였다. 도지사가 부하직원을 성폭행하고, 댓글 조작 사건으로 재판받고, 시장이 공천 대가로 금품 제공하고, 국회의원이 부동산 투기하여 문제가 되는 것을 보고 다 똑같은 사람이었구나 하고 또 한 번 잘못된 프레임을 깨닫게 되었다.

오랫동안 두 대통령이 재판받는다고 많은 증인 출석이 있었는데 대통령은 장관에게, 장관은 대통령에게 조금이라도 벌을 덜 받겠다고 서로 상대에게 책임을 떠넘긴다고 애쓰는 모습을 보고 참으로 실망스러웠다. 누구나 벌 받는 일에서는 벗어나고 싶은 마음이 같다는 프레임으로 조정해야 할 것 같다.

살아가는 데는 내가 선택할 수 있는 것과 선택할 수 없는 일이 있다. 내가 선택할 수 없는 일 때문에 일어나는 일은 모든 책임이 본인에게 있다고 할 수 없다. 본인이 선택할 수 있는 일 때문에 일어나는 일은 모든 책임은 본인에게 있는 것이다.

누구나 좋은 일에는 자신의 공을 드러내고 싶어 하고, 나쁜 일에는 자신의 공을 숨기고 싶어 한다. 과거에 잘못이 있어 책임자가 바뀌었다면 모든 책임은 새로 맡은 담당자가 책임을 져야 한다. 책임을 맡고 있으면서 잘못된 것을 고치려 노력하지 않고 전임자만 탓하고 있다면 그것이야말로 한심한 일이다. 문제가 있어 바뀌었는데 정작 본인이 전임자와 똑같은 짓을 하고 있다면 바꿀 이유가 없는 것이다.

요즈음 사회적 분위기는 잘못된 일을 남의 탓으로 돌리고 싶어 하는 것 같다. 아무리 남의 탓으로 돌리고 싶어도 내 탓인지 네 탓인지는 정확하게 짚고 나서 해야 할 일 아닌가. 그러면 무엇이 내 탓이고 무엇이 네 탓인지 따져보자.

첫째, 내가 맡고 있는 일에 문제가 생긴다면 무조건 내 탓이다.

둘째, 내가 선택한 일에 문제가 생긴다면 무조건 내 탓이다.

셋째, 내가 결정한 일에 문제가 생긴다면 무조건 내 탓이다.

넷째, 내가 맡은 일이 아닌 것에서 문제가 생긴다면 내 탓이 아니다.

다섯째, 내가 선택한 일이 아닌 것에 문제가 생긴다면 내 탓이 아니다.

여섯째, 내가 결정한 일이 아닌 것에 문제가 생긴다면 내 탓이 아니다.

전 정권에서 문제가 있다고 판단된 일들이 정권이 바뀐 현시점에서는 누구의 탓인가? 내 탓이라는 걸 알아야 한다. 그래서 지금도 잘 안 되면 전 정권 탓을 하는 일은 누워서 자기 얼굴에 침을 뱉고 있는 꼴이다. 이유는 주인이 그렇게 생각하고 있기 때문이다. 윗사람이 시켜서 한 일이 문제가 생긴다면 전적으로 윗사람이 책임을 져야 한다.

내가 선택할 여지가 있었다면 그만큼은 내 탓이라고 봐야 한다. 선택의 여부에 따라 공범이 되는 이유가 되기 때문이다. 중요한 일은 대부분 내 탓에서 문제가 있다고 봐야 한다. 내가 잘 못사는 일이나, 내가 건강하지 못한 일이나, 남이 나를 미워하는 일이나, 가정이 화목하지 않은 것이 남의 탓인가?

개중에는 남의 탓으로 돌리고 싶은 부분도 있을 수 있다. 내가 잘 못사는 것이 가난한 부모를 탓할 수도 있고, 내가 건강하지 못한 것은 허약한 체질 탓으로 돌릴 수 있고, 남이 나를 미워하는 것은 남의 낮은 인격 탓으로 돌릴 수 있고, 가정이 화목하지 않은 것은 남편이나 자식 탓으로 돌릴 수 있다. 남의 탓으로 돌리고 싶어 하는 사람이 바라보는 세상의 표현 방식이다. 내가 잘 못사는 것도 내 탓이고, 내가 건강하지 못한 것도 내 탓이고, 남이 나를 미워하는 것도 내 탓이고, 가정이 화목하지 못한 것도 능력 없는 내 탓이다. 모든 것을 내 탓이라고 돌리고 싶어 하는 사람이 바라보는 세상의 표현 방식이다.

남의 탓으로 돌리고 싶은 사람과 내 탓으로 돌리고 싶어 하는 사람이 있다면 어느 쪽이 좋겠는가? 남의 탓을 한다는 것은 남이 바뀌길 바라는 마음 때문이다. 남을 내 마음대로 바꿀 수 있다고 자신하는 모양이지만 어림도 없는 일이다. 나도 나를 못 바꾸면서 남을 바꾼다고! 안 될 말이다. 모든 사람이 남을 탓하는 것보다는 내 탓을 한다면 얼마나 좋은 일일까. 고칠 수 있어 나아질 수 있다는 희망이 있기 때문이다. 모든 것이 내 탓이므로 책임질 각오가 되어 있다는데 어느 누가 좋아하지 않겠는가? 말은 좋으나 그게 그렇게 간단한 문제는 아니다.

대통령 중에서도, 장관 중에서도, 회장 중에서도, 사장 중에서도 높고 낮음과 있고 없음과는 상관이 없다는 것이 문제다. 누구도 문제를 풀 수 있는 공식을 찾을 수는 없다. 다만 하느님만이 알고 계신다. 인간이라면 어떤 인간이라도 인간이 할 수 없는 것에서 문제가 생긴다면 내 탓이 아니다.

가공된 아름다움

유화 53*65 / 2019. 8. 4.

어떤 사회가 바람직한가?

누구나 먹고살기 바빠 남의 일에 관심을 두기는 쉽지 않다. 남들처럼 잘살아 보겠다고 아이들은 아이들대로 어른은 어른대로 바쁘지 않은 사람이 없다. 직접적으로 관계가 없으면 남의 일에 신경을 끄는 것이 보편적이다. 그렇지 않으면 목숨까지 아까워하지 않을 정도로 관심을 가질 수도 있다.

　가끔 신문이나 텔레비전을 통해 나오는 뉴스를 보면 왜 저러고 있을까 하는 의아심이 들 때가 많다. 아마도 그런 사연과 친숙하지 않아서 그런 것인지도 모른다. 광우병 때문에 미국산 소고기 수입하지 말라고 촛불 집회하는 것을, 뉴스를 통해서 보았다. 그 많은 사람이 촛불을 들고 집회에 참석하는 모습을 보고 무척이나 궁금했다. 국내서 생산하는 양이 부족하면 수입하는 것이 당연하고, 제품에 문제가 있으면 수입하지 않으면 그뿐인데, 무조건 수입되는 소고기가 광우병에 걸린 소인 것처럼 이야기하는 것에는 문제가 있다. 우리보다 미국 사람이, 유럽 사람이 훨씬 많은 양의 고기를 먹는다. 그런 고기를 광우병 때문에 우리만 문제가 있다고 하면 그것이 문제이지만 그렇게 생각하지 않는 사람이 많은 것 같다. 광우병이 무엇인지도 모르는 사람이 촛불을 들고 반대 집회를 한다는 게 참으로 어처구니없어 보인다. 참석한 개개인에게 어떤 생각으로 집회에 참석하게 됐는지 솔직한 심정을 알고 싶다. 특정한 개인이나 단체가 목적 달성을 위한 방편으로 사실을 왜곡하여 사회를 어지럽히는 일은 좋지 않다.

　유람선인 세월호 침몰로 많은 사람이 죽었다. 원인 규명을 해야 한다고 전국적인 촛불 집회가 있었다. 몇 년 동안 시도 때도 없는 집회 모습이 뉴스를 통해 끊임없이 보도되었다. 과연 저것이 오른 일인가? 사람이 죽으면 삼일장, 오일장을 지내고 가급적 빨리 잊으려고 한다. 죽은 사람이 살아오는 것도 아니고, 슬퍼하는 시간이 길어질수록 살아있는 가족에게 고통만 더하는 일인데 말이다. 누가 그 배를 타라고 한 것도 아니고, 선장이 일부로 배를 침몰시킨 것도 아니고, 회사에서 배가 사고 나라고 기도를 했겠는가? 일어난 사고는 누구도 원하지 않는 일이다. 그렇지만 일어나는 사고를 누구도 막을 수는 없다. 이것을 누구의 잘못이라고 남의 탓으로 돌리는 일은 옳지 않다.

사고를 당한 당사자나 이를 이용해 이익을 챙기려는 의도가 있는 사람이야 목적이 이루어질 때까지 끌고 가려고 할 것이다. 오랫동안 원인을 규명한다고 바다를 조사하고, 배를 조사하고, 온갖 시험을 해 보지만, 아직도 정확한 원인이 밝혀지지 않은 모양이다. 먼발치에서 이런 모습을 바라보고 있으면 왜 저런 짓을 하고 있을까 하는 생각이 든다.

배를 책임지고 운행했던 선장과 그 배가 소속된 회사에서 모든 것을 책임지고 법대로 처리하면 되지, 왜 전쟁하다 희생된 의인처럼 국가에 책임을 떠넘기려고 그러는지 모르겠다. 사고를 당한 가족에게는 참으로 슬픈 일이다. 시신을 찾지 못한 가족의 고통은 더 말할 것도 없을 것이다. 가슴에 노란 리본을 달고 촛불을 들고 집회를 하는 것이 정말 사자와 가족에게 좋은 일인가? 사고 가족이 정말 원하는 것이 무엇인가? 원하는 것이 이루어졌을 때 달라지는 것이 있는가? 자신의 마음을 냉철하게 돌아보는 것이 좋겠다.

명절이나 큰 행사 때 도로가 막혀 끝없이 밀릴 때가 있다. 뒤에서 가다 서다 하면서 세월아 네월아 따라가던 운전자의 생각은 '왜 밀리지, 밀릴 이유가 없는데' 그리 생각하고 얼마 지나지 않아 차가 잘 빠지게 되면, 왜 밀렸는지 이유를 알 수가 없다. 당신이 원하는 사고의 원인을 규명하고자 하는 것은 사고 가족의 생각이 아니고 유령일지도 모른다. 진정 사고자의 가족을 위한 것이 아니라 자신들의 목적 달성을 위해 붙어먹다가 먹을 것이 없으면 자취도 없이 사라지고 만다. 가족을 제외한 사람의 가슴에 달린 노란 리본은 무엇을 의미하는 것인가? 학생의 가슴에도 노란 리본, 노동자의 가슴에도 노란 리본, 선생님의 가슴에도 노란 리본, 정치인의 가슴에도 노란 리본 셀 수 없이 많은 리본은 모양은 같아도 모두가 같은 마음은 아닐 것이다.

세상에는 힘이 없어 손해를 보는 일이 많다. 그래서 손해를 보지 않으려고 남이야 어찌 되건 말건 나보다 힘없는 자를 이용해 이득을 보려고 애를 쓴다. 상대를 위하는 척하면서 이용하는 것이다. 이용당하는 사람도 내심 욕심을 내기 때문에 이용당하는 것이니 누구를 탓할수는 없다. 힘 있는 자가 힘없는 자에게 더 유리하도록 일을 하지는 않는다. 그것을 모른다면 자신이 무척이나 어리석다고 이해하면 좋을 것이다. 먹고 살기 어려울 때는 먹고 살게만 되면 좋겠다고 생각한다. 그래서 그렇게만 될 수 있다면 무엇이든지 다 하겠다고 생각한다. 공산국가를 하든, 민주국가를 하든, 독재국가를 하든 상관없다. 먹고 살기에 걱정이 없으면 자유롭게 살고 싶은 욕망이 생긴다. 누구든 내가 자유롭게 살아가는데 방해가 되면 적이다. 적과 대항하기 위해 투쟁을 하게 된다.

세상에는 국민이 권력을 가지고 그 권력을 행사하는 민주주의와 사유재산을 폐지하고 생산수단을 사회화하는 사회주의가 있다. 전자는 민주국가를 만들고 후자는 공산국가를 만들었다. 현재는 명목상으로 공산국가가 있지만 실패한 제도라는 게 증명되었다. 자라는 순을 자르고 발목을 잡아매고 경쟁한다는 것은 불가능하다. 혼자 잘 먹고 잘살겠다고 고집부리면서 많은 사람에게 고통을 안겨주고 겁과 무력으로 국민을 다스려야 한다면 이미 자격이 없는 것이다. 마땅히 물러나야 한다. 이런 조직에 빌붙어 저만 부귀영화를 누리겠다고 노예 같은 짓을 한다면 후대에 부끄러운 일이다. 힘을 모아 변화되도록 애를 써야 한다.

나라를 시끄럽게 하는 진보와 보수란 무엇인가? 기존 사회체제를 안정적으로 추구하는 성향을 보수라고 하고, 기존의 정치, 경제, 사회에 대항하면서 변혁을 통해 새롭게 바꾸려는 성향이 진보다. 보수는 자유를 추구하고 진보는 평등을 추구한다. 그래서 보수는 개인의 능력에 따라 빈부 격차가 생기는 것을 자연스럽게 받아들이고, 진보는 그런 꼴을 받아들이고 싶어 하지 않는다.

　그리고 보면 보수의 장단점이 있고, 진보의 장단점이 있다. 보수는 보수 같은 사회를 진보는 진보 같은 사회를 기대하고 있지만, 보수도 진보도 아닌 중도는 보수 50%, 진보 50%인 사회가 좋지 않을까 생각하고 있다. 권력이 오래가다 보면 부패하기 쉽다. 보수가 정권을 잡아 오래 하다 보면 권력을 남용하기가 십상이다. 진보가 권력을 잡고 오래가다 보면 하향 평준화시킨다고 의욕보다는 받고 싶은 마음이 커져 경제활동이 소극적으로 될 소지가 크다. 정상적인 인간이라면 이유 없이 받거나 대가 없이 받는 것을 수치스럽게 생각한다. 평준화시킨다고 자꾸 주다 보면 받는 버릇이 생긴다.

　풍부한 원유 생산으로 부를 누렸던 베네수엘라는 국가에서 기름 팔아 무상으로 돈을 대주다가 원윳값 하락으로 경제가 어려워 대다수 국민이 거지가 되었다. 대통령이 정치를 잘했더라면 얼마나 좋았을까! 그 좋은 자원 혜택을 잘못 쓰는 바람에 국가 전체를 못 쓰게 만들어 놓았다. 멕시코를 통해 미국으로 불법 이민하러 간다고 애를 쓰는 모습이 뉴스에 자주 등장한다. 대통령 운이 나쁜 국민이다. 정치도 할 줄 모르면서 정치하겠다고 고집부린 대통령 때문이다. 돈이 많을 때 돈을 주다가 돈을 안 주니 받는데 길들여 있던 국민들은 어떻게 될까? 공짜 좋아하다가 바가지 차고 구걸하는 신세가 되었다. 이는 무능한 대통령과 무지한 국민의 탓이지 다른 누구의 탓도 아니다. 나라의 권리는 대통령에게만 있는 것이 아니다. 국민의 숫자만큼 다 똑같이 갖고 있다. 마치 모든 것이 자기 것인 양 착각하고 있다면 웃기는 일이다. 그것을 옆에서 그렇다고 아부하고 굽신대며 생각 없이 사는 놈이 죽일 놈이다.

정치하는 인간들은 맨날 싸움질만 하는 것인가?

할 줄 아는 것이 정치밖에 모른다는 자들이 싸우는 진짜 이유는 밥그릇 싸움 아니면 자리싸움이 아닌가? 정치밖에 모른다는 사람이 자리가 없다는 것은 직업이 없는 것인데, 직업란에 무직이라는 이야기다. 무직자를 누가 좋아하겠나. 정권이 바뀌면 건달같이 지내든 사람이 감투를 얻어쓰고 시키는 일만 고분고분 하고 있다. 국민이 내는 세금으로 국민을 위하여서 하는 일 없이 월급만 꼬박꼬박 받아먹고 있다면 세금 내는 주인이 별로 좋아할 리 없다. 권력을 잡은 사람은 자기 위에 아무도 없다는 듯이 권력을 휘두르다 사고가 터지고 나서 정신을 차린다.

누가 대통령이 되고 국회의원이 되든 국민에게 희망을 줬으면 좋겠다. 자기들 밥그릇 챙긴다고 정신없어 옆에 있는 주인은 안중에도 없이 무시하고 있다. 모든 일을 주인에게 이롭게 하는 데 집중하지 않고, 주인이 주는 세금으로 자신들 밥그릇 싸움하는 곳에만 전력을 쏟고 있으니 참으로 한심한 생각이 든다. 제 딴에는 재주부린다고 열심이다. 엄청 열심히 일하는 것처럼 쇼하고 있다. 국회의원이면 국회에 출석할 때 국회의원 배지만 달면 되지, 별별 것을 다 달고 난리다. 자신이 연예인인 줄 아는 모양이다. 정체를 알 수가 없다. 아마도 누군가가 잘한다고 칭찬했다고 그런 줄 알고 있다면 그것은 착각이다.

어느 누구, 어느 조직, 어느 정당을 위하여 세금으로 봉급을 주는 것이 아니라 모든 국민을 위하여 일하라고 주는 것이다. 당신들 싸우는 모습을 보면 자식끼리 싸우는 모습을 보는 것 같아 마음이 좋지 않다. 능력이 안 되면 하지 마라.

대통령이면 대통령답게 일하고 국회의원이면 국회의원답게 일하고 대법원장은 대법원장답게 일해라. 권력과 부를 다 가지려고 욕심을 부리다 보면 마땅히 해야 할 일을 못마땅하게 처리하기가 십상이다. 법으로 정해놓고 지키자고 한 규정을 어기는 일은 좋지 않다. 모두의 약속을 깨는 일이기 때문이다. 반칙이다. 반칙을 한번하고 두 번 하고 습관이 되면 약속은 의미가 없어진다. 그것의 피해는 결국 힘없는 주인에게 돌아가게 된다.

진보다 보수다, 좌파다 우파다 하는 것은 당사자에게는 중요한 일일지 몰라도 대부분 국민에게는 중요하지 않다. 제대로 된 사람이라면 주인을 위하고 지금 좀 불편하고 손해가 되더라도 후대를 배려할 줄 아는 인품을 가진 지도자가 필요하다. 내가 도움을 받았다고 특정 조직의 요구사항을 무조건 들어주는 일이나, 권력 유지에 필요하다고 문제가 있는 줄 알면서도 묵과하는 일이나, 리더로서 역할을 제대로 수행하지 못하는 자를 국민은 원하지 않는다. 모든 국민은 내 마음같이 일해주기를 바라고 있다. 그래야 각자가 안심하고 자기 일에 열중할 수 있기 때문이다.

자기만의 생각

유화 53*65 / 2019. 8. 13.

인간은 왜 불안한가?

봄이 되면 앞산에 진달래꽃이 만발하여 이곳저곳 꽃을 꺾으러 다닌다고 신났던 것 같다. 소먹이로 주려고 논둑에 막 돋아나기 시작하는 새싹들을 호미로 열심히 캐서 다래끼에 한가득 채웠을 때 으쓱했던 기분이 아직도 느껴진다. 여름이면 개울의 깊은 소에서 아이들과 물놀

이하면서 목욕하고 노느라 시간 가는 줄도 몰랐던 것 같다. 고기 잡는다고 망치로 바위를 때리고 지렛대로 바위를 들썩이며 족대에 고기 들어가는 것을 본다고 모든 시신경이 그곳에 집중한다고 아무 생각이 없었다.

가을이면 벼 베는 논에 메뚜기 잡는다고 한 손에 병을 들고 이리 뛰고 저리 뛰고 한다고 참으로 재미있었다. 지게 지고 산에 나무하러 가고 소 풀도 베러 가고, 산천에 드는 단풍 때문에 허무하고 으스스한 마음이 들었다. 겨울이 되면 초가지붕에도 앞산 뒷산에도 눈이 쌓였다. 눈 치우는 일은 너무 힘들었지만, 풍경만은 너무 멋있었다. 새를 잡는다고 낮에는 새 덮치기 놓고, 밤이면 초가지붕 처마에 자는 참새를 플래시로 잡았던 일은 수백 년, 수천 년 전 별나라에 있었을 때의 그리움이 되어 있다.

그때에도 지금과 별로 달라진 것이 없었다는 데도 생각하면 모든 것이 웃는 모습으로 지금 막 나에게로 달려오는 것 같다. 아마도 그때는 내가 직접 책임질 일이 별로 없다 보니 있다고 해봤자 소소한 일이었다. 공부를 못했다고 야단맞을까 봐, 기압을 받을 때 혹시 제일 늦게 맞는 것은 아닐까 하고 마음 졸일 때 등 불안했던 경험이 그리 많았던 것 같지는 않다. 빈도로 따지면 시험을 볼 때 그런 마음을 제일 많이 가졌을 것이다. 시험을 잘 볼 수 있을까? 석차는 잘 나올까? 초등학교 6년, 중학교 3년, 고등학교 3년, 대학교 4년 합이 16년에 시험과목 10과목에 1년에 4번 시험 본다고 하면 $16 \times 10 \times 4 = 640$번이나 한 셈인데 적은 숫자는 아니네.

내가 공부할 때는 본인이 알아서 하는 분위기였지만, 지금 아이들은 변한 세상과 별난 부모 때문에 스트레스받는 빈도나 강도가 훨씬 커졌다는 생각이 든다. 뒤돌아보았을 때 다시 되돌아 가보고 싶은 과거가 될 수 있도록 불안 관리가 중요하다는 생각이 든다. 본의 아니게 불안 관리가 잘 되지 못해 되돌아보고 싶은 과거가 되지 않는다면 참으로 불행한 일이 아닐 수 없다.

삶이란 과거의 삶이 밑거름되어 지금의 내 모습이 된 것이다. 세상 사람들이 겉보기로는 큰 문제가 없는 과거를 보낸 것 같은 모습이지만 알 수 없는 일이다. 겉모습으로 그것을 볼 수 없기 때문이다. 심지어 본인도 잘 기억할 수 없는 과거가 자신을 괴롭히고 있지만 이유를 잘 알 수 없는 경우도 흔한 일이다. 과거의 불안이 극복되지 않아 유사한 일에 과민반응을 보이거나, 무의식중에 피하고 싶은 마음 때문에 현재의 삶에 도움이 되지 않는 경우도 많이 있다.

우리의 삶을 시간대로 보면 과거 현재 미래로 구분할 수 있으나, 어떻게 보면 끊어지지 않는 시간의 연속이라고 하는 하나의 끈이다. 과거는 이미 지났으니 별 의미가 없고, 현재는 엄밀히 따지면 없는 것이고, 미래는 아직 오지 않은 일이니 없는 것이라 별 의미가 없다고 할 수 있다. 불안해하는 마음은 항상 현재가 기준이 된다. 현재라는 순간에 지난 과거를 바탕으로 미래에 일어날 일 중에 육체적이거나 정신적으로 위해가 될 소지가 있다고 생각되는 일을 걱정하는 마음의 작용이다. 아직 일어나지 않은 일을 일어날 것처럼 망상하는 일이다.

젖을 먹는 아이는 젖을 못 얻어먹을까 봐 불안하고, 젖을 뗀 아이는 어머니한테 사랑을 못 받을까 봐 불안하고, 학교 다니는 학생은 공부 못해서 야단맞을까 봐 불안하고, 취직 시험 준비하는 사람은 취직 못할까 봐 불안하고, 결혼할 청춘 남녀는 좋은 배필 못 만날까 봐 불안하고, 성인이 되면 남들처럼 못살까 봐 불안하고, 중년이 되면 내 자식도 남의 자식처럼 잘 살아줄까 불안하고, 노년이 되면 나도 남들처럼 건강하게 잘 살다 죽을 수 있을까 불안하다.

불안하다는 것은 내가 경험하지 못한 일이 혹시 잘못되지는 않을까 하는 미래에 대한 걱정이다. 과거와 미래를 잇는 현재가 다음 발을 내디딜 돌다리를 조심스럽게 찾고 있는 마음 작용이다. 바쁜 시간을 보내다가 여유시간이 생겨 텔레비전을 보고, 화분의 꽃도 감상하고, 책도 들척이다 멍한 시간을 보낼 때가 있다. 복잡한 시가지에 들렀다가 길이 너무 많아 어디로 갈지 몰라 망설일 때나, 동굴 속에 갇혀 어디로 갈지 몰라 망막할 때, 나침판을 잃은 탐험가처럼 불안한 마음에 갈 길을 찾는다고 무척 방황하게 된다.

나는 불안할 때 좁은 공간에서 왔다 갔다 하며 똥 마려운 강아지처럼 어쩔 줄 몰라 한다. 과거와 미래를 이어가는 중에 잠시 호수 위에서 끊어진 다리를 만난 듯 나갈 방향이 떠오르지 않을 때가 그런 것 같다. 내가 겪고 있는 불안은 누구나 겪고 있는 것이 아닐까?

지금은 모든 사람이 건강에 많은 관심을 두고 있는 것 같다. 건강에 대한 불안 때문이다. 어디가 아프면 어떻게 해야 하고, 어디가 아프면 무엇을 먹어야 하고, 어디가 아프면 어떤 운동을 해야 하고, 어디가 아프면 무슨 음식을 먹어야 하고, 어디가 아프면 무슨 약을 먹어야 하고, 어디가 아프면 어떤 의사를 찾아가야 하듯이 많은 방법이 있다.

그렇게 하면 어떻게 된다는 말인가? 그렇게 했던 사람들이 하나같이 불안을 떨치고 잘살고 있다는 말인가? 저마다 한 번쯤은 내가 몇 살 때 어디서 어떻게 어떤 모습으로 죽을까? 하고 생각해 보지 않는 사람은 없을 것이다. 그렇게 생각한다고 별로 달라지는 것은 없어도 그렇게 생각해 보는 것은 삶의 도리가 아닌가 생각된다. 모든 것이 적당하면 도움이 되지만 지나치면 하지 않는 것만도 못하다는 말이 있다. 불안한 감정을 갖는 순간 행복지수가 40 정도 되지 않을지 나름대로 생각해 본다.

정글을 탐험할 때 맨 앞에서 긴 칼로 풀을 헤치고 가는 사람의 심정은 어떨까? 위험한 짐승이 갑작스럽게 나타나 덤벼들지나 않을까 하는 불안한 마음이 머릿속에 꽉 차 있을 것이다. 무의식적으로 자신을 보호하겠다는 대비 태세다. 모든 사고는 마음을 놓고 있을 때 일어난다. 위험을 대비해 일어나는 마음은 필요하다. 필요하다고 과하게 대접할 필요는 없다. 그것이 짐이 될 수 있기 때문이다. 과거의 잘못된 불안이 현재의 불안을 헤쳐 가는 데 장애가 되어서는 안 된다. 지나가면 끝날 일이 성격이나 환경 탓으로 끝나지 않고 의식 속에 저장하고 있는 일이 많다. 이는 적당하게 관리를 하지 못한 결과다.

건강검진센터에서 문자가 왔다. 검사 결과가 나왔으니 우편으로 보내주겠다고. 혹시나 무슨 문제가 있는 것은 아닌가 하고 불안한 생각이 든다. 운전면허 시험을 봤는데, 공무원 시험을 봤는데, 컴퓨터 자격증 시험을 봤는데, 새로운 사업을 시작했는데, 주식 투자를 했는데 잘될지 불안하다. 모든 것이 정상적으로 작동되고 있다는 신호다.

불확실한 것을 확실한지 아닌지 점검해 보고 싶은 인간의 욕망 때문이다. 체험하면 모든 것은 지나간다. 또 새로운 불안이 기다리고 있다. 과거의 불안은 잊어야 한다. 새로운 불안은 받아들여야 한다. 이것이 순리다. 그렇지 않으면 병이 되고 생각이 없는 삶이 된다. 배포가 큰 사람은 큰 불안을 감수할 수 있지만 배포가 작은 사람은 작은 불안도 극복하기 힘들어한다.

이 맘도 아니고 저 맘도 아니다

유화 53*65 / 2019. 8. 19.

모든 것은 하나다.

라디오에서 가야금 뜯는 소리에 국악 하는 소리가 들린다. 조금 있다가 피리 부는 소리와 장구 치는 소리에 소리꾼의 보 터지는 소리가 들린다. 이것은 도대체 언제부터 왜 시작된 것일까?

우리의 조상은 곰과 호랑이에서 만들어졌다고 한다. 나라마다 전해 내려오는 신화적인 조상이 있다. 아시아, 아프리카, 아메리카, 유럽, 호주에 사는 사람들이 저마다 다른 조상을 가졌다면 이해가 되는가? 그렇지 않고 모두가 공통의 조상을 가졌다면 언제 어떻게 생겨난 것일까?

성경에서는 하느님이 흙으로 사람을 만들었다고 한다. 우리는 저마다 조상을 갖고 있다. 김 씨는 김해, 경주, 광산, 김녕, 안동, 의성, 강릉, 선산, 삼척, 상산 등 많은 김 씨가 있는데 본래 조상은 하나였는가? 우리나라는 김 씨, 이 씨, 박 씨, 최 씨, 장 씨 등 대략 5,000개가 넘는 성씨가 있다고 한다. 이들은 모두 조상이 같다고 할 수 있는가? 일본에 10만이 넘는 성씨가 있고, 중국이 4천 개가 넘는 성씨가 있다고 한다. 이들도 본래 같은 조상이었다고 할 수 있는가? 개, 고양이, 소, 돼지, 말, 호랑이, 곰, 코끼리, 원숭이는 같은 조상일까? 닭, 오리, 독수리, 비둘기, 타조는 같은 조상일까? 악어, 뱀, 거북이는 같은 조상일까? 개구리, 두꺼비, 도롱뇽은 같은 조상일까? 고래, 상어, 물개, 꽁치, 오징어, 참치, 멸치의 조상은 같은가? 나비, 벌, 개미, 잠자리, 메뚜기, 매미, 귀뚜라미, 모기의 조상은 같은가? 그렇다면 어류, 조류, 양서류, 곤충, 파충류, 포유류의 조상도 같다고 할 수 있는가?

인간은 만물의 영장이라고 다른 생명체와는 조상이 다르다고 주장하고 있는데 과연 맞는 것인가? 봄이 되면 아름다운 꽃이 향기를 내면서 벌과 나비를 끌어모으는 식물이 있다. 아카시아꽃, 유채꽃, 사과꽃, 배꽃, 칡꽃, 싸리꽃, 작약꽃, 목련꽃, 복사꽃, 벚꽃, 진달래꽃, 장미꽃…. 때가 되면 달고 맛있는 열매를 우리에게 선물하는 귀한 과일나무가 있다. 사과나무, 배나무, 감나무, 매실나무, 복숭아나무, 앵두나무, 살구나무…. 생으로 데쳐서 맛있게 먹고 있는 채소가 있다. 배추, 무, 파, 마늘, 고추, 상추, 딸기, 오이, 수박, 참외…. 산에는 재해를 막고 신선한 공기와 목재를 제공해 주는 나무가 있다. 소나무, 참나무, 전나무, 잣나무, 다래나무, 싸리나무, 단풍나무, 도토리나무…. 아름다운 꽃을 피우는 식물이나, 맛있는 과일을 맺는 식물이나, 맛있는 채소를 제공해 주는 식물이나, 좋은 공기나 목재를 제공해 주는 식물의 본래 조상은 같은 것인가? 왜 본래대로 존재하지 않고 변하고 변해서 지금의 모습으로 변하게 된 것일까?

이런 생각을 하는 나는 정상인가? 이상한 사람인가? 이런 생각은 오직 오감으로 느끼고 확인할 수 있는 현실만이 사실이라고 믿는 인간의 능력의 한계 때문이 아닌가 생각된다. 보는 것과 느낌으로 사물을 판단하는 습성으로 내면이야 어찌 되었든 별 관심이 없다. 당장 살아가는 데 불편함이 없다고 생각하기 때문이다. 그래서 썩은 나무에서 아름다운 꽃이 피기를 바라고, 고목이 된 나무에서 맛있는 과일이 달리길 바라고, 머리 나쁜 아이가 천재 같아지길 바라고, 오이 줄기에 수박이 주렁주렁 달렸으면 하고 욕심을 낸다. 살아가는 데 당장 필요하기 때문이다.

모든 것이 자기중심적으로 변했으면 하는 바람이 있다. 그렇지만 인간은 인간대로, 자연은 자연대로, 우주는 우주대로 의지가 아닌 섭리대로 흘러간다. 물이 얼어서 얼음이 되고 얼음이 녹아서 물이 되고 수증기가 되고 눈이 되고 비가 되고 다시 물이 된다. 먼지가 쌓여서 모래가 되고 흙이 되고 돌이 되고 바위가 되었다가 다시 돌이 되고 흙이 되고 모래가 되고 먼지가 된다. 흙에서 나무가 자라고 커서 고목이 되어 죽고 썩어서 흙이 된다. 흙에서 자란 인간도 결국에는 흙으로 되돌아간다. 어찌할 수 없는 일이다.

고층아파트가 사방에 들어서 있다. 모래, 시멘트, 철근, 나무, 플라스틱 같은 재료들로 견고하게 집을 짓는다. 그렇지만 영원할 수는 없다. 언젠가는 노후화되면 무너지게 되어 있다. 무너지면 각자의 재료들은 본래의 위치로 돌아가게 된다. 본래의 위치로 돌아가는 데 시간이 오래 걸리거나 어렵다면 그만큼 인간에게 좋지 않은 대가를 지불할 수 있다. 병이 깊어지면 치료하기가 그만큼 더 어렵다고 이해하면 되지 않을까. 식물은 땅을 먹고, 동물은 땅을 먹은 식물을 먹고, 인간은 땅을 먹은 식물도 먹고 동물도 먹는다. 식물이 죽으면 흙이 되고 동물도 죽으면 흙이 되고 인간도 죽으면 흙이 된다. 살아 있는 생물이 죽으면 흙이 된다는 공통점이 있다.

아마도 우리의 조상이 아닌지 의심이 든다. 흙의 원소가 분해되면 양자와 전자로, 물의 원소를 분해하면 양자와 전자로, 공기의 원소를 분해하면 양자와 전자로, 불의 원소를 분해하면 양자와 전자로 구성되어 있다. 그렇다면 흙이나 물 공기 불이 같은 물질로 구성되어 있으므로 같은 조상에서 나오지 않았을까? 양자와 전자를 만들고, 원자를 만들고, 분자를 만들고, 원소를 만든 것이 태양계의 폭발 때문이라면 태양과 우주와 인간은 본래 같은 핏줄이라고 볼 수 있지 않을까. 태양이 왜 폭발했는지? 우주가 어떻게 해서 생겨났는지? 인간은 어떻게 해서 생겨났는지 알 수가 없다. 다만 인간이 만들어 놓은 형상의 한계를 초월하다 보면 궁극적으로 하나라는 통일을 이해할 수 있지 않을까 생각한다.

내가 무엇을 모르는지 모른다

유화 53*65 / 2019. 8. 26.

어떻게 살고 싶은가?

날씨가 화창한 봄이다. 화단에 진달래가 아름다움을 한껏 뽐내며 피어나고 있다. 자기가 멋진 꽃으로 피여야겠다고 해서 핀 것인가? 아니면 그냥 필 때가 되어서 자기 의지와 상관없이 핀 것인가?

문득 생각해 보니 지금껏 어떻게 살아야겠다는 구체적인 생각을 별로 하지 않고 살아온 것 같다. 그래서 뚜렷한 삶의 목표가 없다. 목표를 정해놓고 살아가면 훨씬 잘 살 수 있다고 이야기하지만, 과연 얼마나 많은 사람이 그렇게 살아가고 있을까? 목표가 이루어지면 다한 것인가? 인간이 어떻게 살아야겠다고 생각하면 그대로 살아갈 수 있는 것인가? 그러면 무조건 행복할 수 있는 것인가? 많은 의문이 꼬리를 물고 일어난다. 계속 의문이 든다면 어떻게 살겠다고 확정 짓는 삶은 진실이 아닐 확률이 높다.

하루 세 끼 식사를 하고, 시장을 가고, 책을 읽고, 그림을 그리고, 글을 쓰고, 일을 하고, 주일에 성당을 간다. 이런 일이 목표가 있다고 해야 하나 아니라고 해야 하는지 알 수가 없다. 세 끼 식사를 하는 것은 내가 백 살까지 살겠다는 목표가 있어서가 아니라 배가 고파서 자꾸 먹다 보니 습관이 되어서 먹는 것뿐이다. 더러워 청소하고 세탁하는 것은 지금 보기가 더러우니까 그냥 하는 것뿐이다. 시장을 가는 것은 지금 필요한 것이 있으니 사러 가는 것이고, 책을 읽는 것은 멍한 시간을 보내기가 따분해서 읽는 것뿐이고, 그림을 그리는 것은 내가 유명한 화가가 되겠다고 목표를 세운 것보다는 재미있으니 하는 것이고, 글을 쓰는 것은 유명한 작가가 되겠다는 목표가 있어서가 아니라 무엇인가 하고 있다는 만족감 때문이다. 일을 하는 것은 갑부가 되고 회장이 되겠다는 목표가 있어서가 아니라 먹고살기 위해서다.

이렇게 사는 모습이 어떤지 다른 사람에게 묻는다면 참으로 한심하게 살고 있다고 생각할 수도 있다. 세상에서 살아가는 방법은 저마다 다 다르지만 그렇게 보지 못하는 것 같다. 부족한 사람은 풍족한 사람을 부러워하고, 풍족한 사람은 행복한 사람을 부러워한다. 그러다 보니 자신의 좋은 점은 보지 못하고 부족한 부분만 채우고 싶어 하는 욕망 때문에 세상이 다하는 날까지 힘들게 살아간다.

사는 방법에는 자기 의지대로 사는 방법과 남의 의지대로 살아가는 방법이 있다. 자기 의지대로 살아간다는 것은 세상을 자기 방식대로 살아갈 수 있는 능력이 있어야 하고, 남의 의지대로 살아가는 삶은 남의 의지에 종속되는 삶이 되어 엄밀히 따지면 남의 종이 되는 것이다. 옛날에는 노예니 종이니 하는 삶이 있었지만, 지금은 공식적으로 그런 삶이 존재하지 않는다. 다만 주는 대로 먹고 시키는 대로 하는 삶을 본인이 그렇게 생각하지 못하기 때문이다. 능력이 부족해 자기 의지와 상관없는 삶을 산다고 나쁘다고 할 수 있는 것인가? 그렇게 절대 단정할 수만은 없다. 이유는 모든 것이 하느님의 뜻이라고 생각하기 때문이다.

한 반에 서른 명의 학생이 있다. 모두가 1등을 하고 싶은 마음이 있지만 결국에는 1등부터 30등까지 등수로 구분이 된다. 똑같은 선생님 밑에서 배웠지만 성적이 다 다르기 때문이다. 가르치는 선생님도 배우는 학생도 모두가 1등을 하고 싶은 마음은 똑같다. 1등을 하고 싶은 똑같은 마음이 목표가 될 수가 있다고 생각하는가? 극단적으로 모두가 1등을 하고, 똑같은 대학에 가고, 똑같은 전공들하고, 똑같은 직업을 갖고, 똑같은 형편으로 똑같이 살아간다는 것은 상상으로만 가능한 일이지 현실적으로 불가능한 일이다. 불가능한 일을 가능한 일로 착각하고 살아가는 이유는 진리에 순응하고자 하는 생리적인 도리라고 생각하기 때문이다. 잘난 사람을 보면 부러워하고, 못난 사람을 보면 안타까워하고, 불쌍한 사람을 보면 도와주고 싶어 하는 마음은 무엇 때문에 일어나는가? 아마도 내면에 자신의 입장을 대변하는 의식이 있기 때문이 아닌가 생각된다.

세상은 바라보는 기준에 따라 달리 보인다. 오직 자신이 생각하는 것만이 정확한 기준이라고 믿는다. 이런 기준이 사람의 숫자만큼이나 다양하게 존재한다. 누구도 상대방의 기준을 알 수가 없다. 자신이 사용해 보니 좋더라도 나쁘더라, 자신이 먹어보니 맛이 있더라도 맛이 없더라, 자신이 입어보니 멋이 있더라도 멋이 없더라고. 이 사람 저 사람 아는 사람에게 자신이 체험한 이야기를 한다. 어떤 음식을 먹으면 어디에 좋고, 어떤 운동을 하면 어디에 좋고, 어떤 건강식품을 먹으면 어디에 좋고, 어디에 투자하면 돈을 벌 수 있다는 남의 이야기를 신문이나 잡지 텔레비전 같은 매스컴을 통해 얻은 지식이나 남에게 들은 이야기를 아무 생각 없이 이 사람 저 사람에게 떠들어 댄다. 처음에는 자신이 아무리 잘났다고 뽐내봤자 나오는 상관없는 일이었다. 상관없는 일이 상관이 있다고 자꾸 강요하는 바람에 선명해야 할 눈금이 자꾸 흐려져 간다. 불확실한 무리의 힘에 휘둘리지 않을까 염려스럽다. 말을 자꾸 한다는 것, 자꾸 떼를 쓴다는 것은 좋지 않은 징조다. 힘을 키워서 어떻게 해보겠다는 의도가 있는 것이다.

교회에서는 신자가 전도하여 신자를 늘리는 것이 가장 축복받는 일이라고 한다. 신부나 목사가 축복받는다고 하니 그 말만 믿고 길거리에서 예수를 믿어야 천당 간다고 소리치는 사람, 기차역이나 휴게소 공원이나 육교에서 굽신굽신하면서 홍보자료를 건네는 사람이 있다. 머리띠를 하고 물리력으로 법을 어겨가면서 농성을 벌이는 일이나, 권력을 지키려고 떼를 지어 상대방을 저지한다고 몸싸움하는 일이나, 억울하다고 책임지라고 곳곳에서 울부짖는 모습들이 과연 무엇 때문에 일어나고 있는가? 남의 생각에 꼭두각시가 되어 휘둘리다가 내가 영웅이나 된 듯이 착각하기도 하여 막다른 선택을 하기도 한다.

배우와 관객의 입장이 같을 수는 없다. 주연이 과도한 행동을 하여도 관객을 영원히 속일 수는 없다. 도가 지나치면 반듯이 진실이 드러나게 된다. 세상은 개성이 모여 만들어지지만, 객관적인 방향으로 흘러간다. 아무 생각 없이 남의 생각대로 사는 삶은 내가 바라는 객관적인 세상을 만들 수가 없다. 집에서 키우는 애완동물도 마음대로 바깥에 나가고 싶으면 나갈 수 있고, 집에 있고 싶으면 집에 있을 수 있는 환경이라면 바람직하지 않을까? 목에 걸린 개 목걸이 때문에 그렇게 할 수 있는 자유가 없다. 처음에는 싫다고 몸부림을 쳐보지만, 시간이 지나면 어쩔 수 없이 숙명으로 받아들일 수밖에 없다.

인간도 다르지 않다. 환경에 적응하는 능력이 뛰어나기 때문이다. 이를 두고 나쁘다 좋다고 함부로 이야기할 수는 없는 일이다. 다만 근거 있는 생각으로 자신의 기준을 정하고, 그 기준으로 세상을 바라보고, 내 의지대로 선택하고 결정할 수 있는 자유로운 삶이 내가 바라는 것이다. 바란다고 다 되는 것은 아니지만 그렇게 살려고 노력하는 것만으로도 좋은 일이라 생각한다. 내가 생각하는 바람직한 삶의 방식이 모든 사람에게 똑같이 적용할 수는 없다. 오직 내가 바라는 삶의 기준이기 때문이다.

나의 우상은 무엇인가?

유화 53*60 / 2019. 9. 1.

세상에는 공짜가 없다.

재활용할 수 없는 쓰레기를 종량제 봉투에 담아 버릴 때 내심 미안하고 걱정스러운 마음이 일어난다. 화장실을 쓸 때나 몸을 씻거나 빨래하고 물을 내릴 때, 음식물이나 그릇을 씻고 하수구에 더러운 물을 흘려보낼 때 미안한 마음이 양심의 꼬리를 살짝 움츠리게 한다. 그렇다고 불법으로 쓰레기를 버리거나 오염수를 무단으로 흘려보내는 것은 아니다. 편리성을 내세워 너무나 일방적으로 세상을 살아가는 우리의 방법이 과연 옳은가 하는데 어렴풋이 의심이 드는 것은 무엇 때문일까?

본래는 버릴 것이 없는 것이 맞지만 생활이 나아지고 인구가 늘어나기 시작하면서 점점 버릴 것이 늘어나게 된 것이다. 무엇이든지 많아야 하고, 무엇이든지 사용하기 편리해야 하고, 무엇이든지 튼튼해야 하듯이 인간의 욕망은 한 방향으로 경쟁하듯이 물질을 추구해 가고 있다. 음식을 맛있게 만들겠다고 애를 쓰고, 옷을 멋있게 만들겠다고 애를 쓰고, 건물을 잘 짓겠다고 애를 쓰고, 무작정 오래 살겠다고 애를 쓸수록 점점 더 인간만을 위한 이기적인 세상이 되어 간다.

결국 생명이 살아가는 데 중요한 깨끗한 공기, 깨끗한 물, 깨끗한 토양이 있어야 할 자리에 오염된 공기 오염된 물 오염된 토양이 있게 될 것이다. 땅을 파고 묻어버리는 쓰레기, 수질을 오염시키는 폐수, 공기를 오염시키는 매연은 다 어디서 생겨난 것인가? 폐사한 고래의 배 속에서 수십 킬로그램이나 되는 쓰레기가 된 비닐이나 플라스틱이 나왔다거나, 배에서 흘러나온 폐유가 바다를 오염시켜 생물을 전멸시켰다거나, 공장에서 몰래 흘려보낸 폐수로 회복 불능의 수질이 되어 아무짝에도 쓸모없는 강물이 되었다거나, 오염된 공기 때문에 마스크를 쓰지 않으면 안 되는 현실에 직면하고 있다.

지금 그리 불편하지 않다고, 지금 당장은 문제가 되지 않는다고 눈앞의 이익만을 좇아 언제까지 갈 수 있다고 생각하는가? 세상에 올 때는 맨몸으로 왔는데, 갈 때는 남기고 가는 물건이 너무나 많다. 이것이

어딘가에 남아 누군가에게 도움이 되는 것이 아니라 본래의 모습으로 되돌아가려는 몸부림으로 해로운 것들을 만들게 된다. 생명이 없다고 내 마음대로 해도 된다는 생각은 인간의 무지함 때문이다. 세상에 모든 것이 대가 없이 그냥 어떻게 할 수 있다는 생각은 몰라서 하는 소리다. 존재하는 그 자체를 무리하게 바꾸려고 하면 반드시 상응하는 대가가 따르는 것은 당연한 일이다.

자연은 본래 아름다운 것이다. 인간이 밟고 즐기고 짓이기는 동안 더럽게 변해간다. 잘살아 보겠다고 쉴 새 없이 하늘에 뜨고 내리는 비행기, 바다에 떠다니는 여객선 유조선 어선 상선 화물선, 육지에 세워진 고층 건물이나 공장 셀 수없이 많은 포장도로나 차들이 그렇게하고 있다. 인간은 세상이 공평했으면 하고 바라지만 하느님은 그렇게 생각하지 않고 계시는 것 같다. 본래 그냥 먹어도 되는 물을 정수장을 만들고, 물탱크를 만들고, 소독하고, 정수기를 설치하고서 우리는 큰일이나 하는 것처럼 뽐내고 있다. 잘 사는 것도 좋지만 무엇인가에 해를 끼칠 수 있는 것이라면 결코 좋은 방법이라고 할 수 없다.

한편으로는, 먹을 것 입을 것이 풍족하고, 한편으로는 그것을 만들기 위해 만들어진 공해물질이 쌓여간다면 어떻게 해야 좋을까? 정도가 심하고 시간이 지나면 결국에 본인이나 후손이 피해를 보게 된다. 지금의 사회적 분위기는 잘살겠다는 신념 하나로 공해물질을 만들고 자연을 훼손하는 일이 그리 문제가 되지 않는다고 생각하는 분위기다. 그러다 문제가 생기면 마지못해 단속하는 시늉만 하고 있다.

우선 입에 단것만 좇는 우리들의 일상적인 생활 습관이나 사회적 분위기를 바꾸는 일이다. 조금 불편하더라도, 소득이 조금 낮더라도,

보기가 조금 안 좋더라도 더 오래 더 좋은 세상을 만들고 유지할 수 있는 일이라면 누구나 따르고 응원하는 자세, 이익을 얻기 위해, 권력을 유지하기 위해 부와 권력을 함부로 휘두르는 힘에 대한 적극적이고 단호한 대응 자세가 필요하다.

공해물질을 만드는 사람, 공해물질을 사용하는 사람, 감시하는 사람은 모두가 남이 아니다. 남이라고 생각하는 마음이 조금이라도 남아 있다면 그만큼 목표 달성이 늦어지게 된다. 일상생활에서 나오는 쓰레기를 보면 버리는 쓰레기가 구입 가격에 20~30% 정도는 되겠다는 생각이 들 정도다. 어떤 것은 물건값보다 포장비가 많이 들어 보이는 것도 있고, 어떤 것은 맞게 포장하면 될 것을 너무 과하게 포장한 것도 있고, 어떤 포장은 분리도 애매한 재질로 포장한 것도 있다. 만드는 사람, 쓰는 사람, 감독하는 사람이 자기 생각만 하고 있다.

부모는 자식을 낳으면 어머니는 열심히 젖을 먹이고 분유를 먹이고 똥을 싸면 똥을 치우고 닦고 씻겨준다. 아버지는 생활비를 벌기 위해 열심히 일을 한다. 왜 그렇게 하는 것일까? 당연히 해야 하는 것이니까, 아니면 남이 그렇게 하니까, 아니면 아무 생각 없이 그냥 그렇게 하는 것인가. 잘 먹이고 싶어 애를 쓰고 잘 입히고 싶어 애를 쓰고 좋은 환경을 만들어 주고 싶어 애를 쓰고 좋은 공부를 시키고 싶어 애를 쓰는 부모님의 마음은 무엇일까?

능력이 되면 다행이지만 그렇지 못하면 늘 미안해하고 죄인인 것처럼 안타까운 심정으로 살아간다. 능력이 되는 사람이나 못 되는 사람이나 그런 마음의 본래 시발점은 같다고 봐야 한다. 우연히 능력이 되는 사람은 내가 쓰고 남는 것을 보험 들듯 투자하는 마음이 있고 능력이 모자라는 사람은 적금 들듯 차곡차곡 있는 힘을 다해 언젠가? 찾을 날이 올지도 모른다는 막연한 기대심이 모르게 숨어 있는 것이다. 철이 없을 때 부모는 내가 바라는 것을 남부럽지 않게 모든 것을 당연히 해주는 사람이라고 생각한다. 당연하기에 감사한 마음도 당연히 없다. 오직 내 욕망만이 있을 뿐이다.

이는 부모나 자식이나 본바탕이 같다는 것이며 달리 보일 뿐이다. 박지성 아버지가 박지성을 훌륭한 축구선수 만들겠다고 있는 힘을 다해 애를 썼던 일이나, 박세리 아버지가 박세리를 훌륭한 골프선수 만들겠다고 있는 힘을 다해 애를 썼던 일이나 모차르트 아버지 레오폴트가 어린 모차르트를 훌륭한 음악가로 만들기 위해 가혹한 훈련을 시킨 일이 그냥 자식이 성공하기 위한 마음만이 전부일까?

삶에는 무엇이건 이유가 있다. 이유 없는 삶은 삶이라 할 수 없다. 부모와 자식 간에도 이런데 형제 친척이나 남하고의 관계에서는 더 말할 것도 없다고 봐야 할 것이다. 생각이 짧아 자신의 이익에만 너무 집착하고 있다 보면 세상이 나만을 위해 존재한다고 착각할 수도 있다. 욕망이란 끊임없이 올라오는 알 수 없는 힘, 생명을 유지하고 보호하고 영원하고 싶은 힘, 이를 위해 최선을 다해야 하는 의무감을 느끼고 충실히 수행해야 하는 이유 없는 숙명이다. 받을 수 없는 투자, 이익이 되지 않는 봉사란 애당초 있을 수 없는 일이다. 만약 있다고 한다면 뭘 모르거나 거짓말을 하는 것이다.

배움이란 무엇인가? 공부는 죽을 때까지 해도 모자란다고 한다. 이유는 경쟁에서 지지 않으려고, 내가 손해 보지 않으려고, 그래서 인정받으려고 하는 본능 때문이다. 세상에 없는 것 중의 하나가 공짜란다. 그런데도 좀 더 편하게 만족하려는 마음 때문에 빼앗고 다투고 경쟁하고 거짓말하고 시기하는 일이 계속 일어난다.

우리보다 먼저 서양에서는 자식에게 내 것과 네 것을 구별 짓는 법을 일찍 깨우쳐 준다. 반면에 우리는 부모가 어찌 되건 말건 자식을 위하여 충성을 다 바치고 싶어 하는 마음이 여전히 크다. 어떻게 보면 당연한 일 같게 보이기도 하지만 달리 보면 자신의 욕망을 채우기 위하여 변태적인 행동의 발로일지도 모른다. 마치 자신의 이익을 위해 아무렇게나 해도 되는 양 함부로 하는 일은 누구에게도 도움이 되지 않는다. 자연이나 인간이나 모든 것들은 본래대로 돌아가고 싶은 욕망이 있다. 한쪽으로 기울면 반대쪽으로 돌아가려는 자연스러운 이치다. 깨끗하면 더러워지고 싶고 더러워지면 다시 깨끗해지고 싶은 것이 자연의 이치이듯이 주면 언젠가 받고야 말겠다는 인간의 이치는 그냥 본래 있는 것이다.

그런데 모든 것을 내 마음대로 하겠다니 가당치 않은 일이다. 모든 것은 자신을 위해 존재하는 것이지 남을 위해 존재하는 것이 아니다. 우리가 듣기 좋게 모든 것이 남을 위해 존재한다고 하지만 엄밀히 따지면 상대방의 경계를 느슨하게 하여 자신의 이익을 실현하기 위한 위장술이다. 결국에는 부모가 자식에게 짐이 되면 싫어하고, 자식이 부모에게 짐이 되면 싫어한다. 보기 싫어하는 관계가 되지 않으려면 서로에게 공짜를 바라는 마음이 없어야 한다. 어쩌다 운이 좋아 공짜가 통할 수도 있지만 그것은 우리가 바라는 기준이 아니다. 세상에는 모든 것이 이유가 있고 대가가 따르므로 우리가 알고 있는 공짜란 본래가 없는 것이다.

무엇을 위한 계산인가?

유화 53*65 / 2019. 9. 8.

사는 데 정답은 없다.

높은 하늘에는 구름이 흘러간다. 맑은 날에는 구름 한 점 없는 푸른 하늘이였다가 흐린 날에는 많은 구름이 몰려온다. 비가 오는 날에는 먹구름이 끼여 천지가 어두워진다. 구름이 꼈다가 맑았다가 어두워지는 현상을 보면 어떤 생각이 떠오르는가? 자연현상에 따라 끊임없이 변화하고 있는 모습을 두고 이러쿵저러쿵 평을 한다면 의미가 있는 일인가? 의미가 있다고 빡빡 우기면 어쩔 수 없는 일이지만 참으로 우스꽝스러운 일이 아닐 수 없다.

어려서부터 학습 능력을 테스트하기 위해 많은 시험을 친다. 높은 점수를 얻기 위해 죽을 둥 살 둥 열심히 공부한다. 그때는 그것이 정답이라고 생각했다. 운동선수는 온 힘을 다해 연습한다. 좋은 기록을 얻기 위해 연습만이 정답이라고 생각하기 때문이다. 공장에서 기술을 배우는 기술자도 열심히 기술을 배우는 것이 정답이라고 생각한다. 명상하는 명상가는 명상하면 정답을 찾을 수 있다고 열심히 명상한다. 기독교 신자는 죄를 면제받을 수 있는 유일한 방법은 열심히 기도하는 길만이 정답이라고 믿고 있다. 죽은 조상을 극락세계에 보낼 방법은 부처님께 불공을 드리는 길만이 정답이라고 믿고 있다. 어떤 일을 이루기 위해 오직 하나만이 존재한다고 믿는 믿음 때문에 정답이 존재하는 것이며, 이를 맹목적으로 추앙하는 인간의 공통된 무지가 바탕에 깔려있기 때문이다. 남이 답이라고 하니 나도 그것이 답이라고 믿는다.

인간이 찾는 진정한 의미의 답이란 무엇인가? 인간이 세상에 태어나서 살아가는 데 있어 사람마다 지문이 다르듯이 저마다 사는 방법이 달리 살아간다. 유전자가 다르고 환경이 다르고 시간이 다르다 보니 누구도 같을 수는 없는 것이다. 그런데 일방적으로 한가지 기준을 정해놓고 그것이 정답이라고 따르라고 한다. 아는 것이 부족하다 보니 나보다 아는 체하는 사람이 있으면 그를 따라 한다. 따라 하다가 자기도 모르게 신념으로 굳어지다 보면 몸과 마음이 분리된다. 내 몸에 맞지 않는 정답을 찾아 바삐 살아 보지만 결국에는 정답을 찾을 수가 없다. 나서 죽을 때까지 길다면 길고 짧다면 짧은 시간 동안 새로운 경험의 연속이다.

어머니 뱃속에서 심장박동과 지금의 심장박동은 같을 수가 없다. 지금, 이 순간에도 끊임없이 변화하고 있다. 답이 고정되지 않고 변하고 있다면 찾을 수 있겠는가? 바로 전에 답이었다고 생각했던 것이 어느 순간 답이 아니기 때문이다. 언제 어디에서 누구한테서 태어나서 어떤 환경에서 자랐는지 등과 같은 이유로 저마다 다르고 성장하는 시간 따라 개체는 변해간다. 하나의 형태를 보이고 변해가는 인간은 결국 죽음을 향해 가고 있다.

어릴 때는 죽음에 대한 감각이 무디어 있다가 나이가 들면서 신경이 쓰이기 시작한다. 주위의 환경과 내 육체가 그것을 깨달아 가도록 자극을 주기 때문이다. 세상에 존재하는 것은 무엇이고 형상하고 있다가 무형으로 변하는 순환을 하고 있다. 형상이 있을 때는 건강한 형태로 오랫동안 유지되고 싶은 본능적인 힘이 작용하고, 일그러지려는 형태를 지탱하려고 부단히 애를 쓴다. 아무리 애를 써도 어쩔 수 없다는 것을 죽음이 임박해서야 알게 된다. 애를 써도 소용없는 것을 왜? 힘들게 그렇게 하는 것일까?

영원하고 싶은 자연의 섭리가 인간을 그렇게 만들어 놓았다. 본질적으로 나만이 영원하면 된다는 욕망이 기준이 되고 기준에 맞추어 살아가려는 수단이 결국 답이라는 걸 찾게 되는 것이다. 엄밀히 말해 나에게 답이라고 생각하는 것은 남에게는 답이 될 수가 없다. 그런데도 나의 답이라고 생각하는 것이 너에게도 답이라고 주장하는 일이 너무나도 많다.

두메산골 비탈진 곳에서 옥수수나 감자만 먹고 사는 아이와 저택에서 자가용 타며 고기 먹고 사는 아이가 찾는 답이 같다고 할 수 있는가? 저마다 세상에 태어나서 잘 먹고 잘 자고 잘 싸면서 하루하루를 보내는 것이 묵시적인 내면의 바람이다. 바람에 장애가 있으면 그것을 극복하고 싶은 욕망이 생기고, 어쩌다 문제가 해결되면 그것이 답이라고 생각하고 아무 데나 적용하려 한다.

손님이 되어 남의 집을 방문할 때 빈손으로 가기가 그래서 선물을 사는데, 사고 보면 자기가 원하는 물건을 사고서 마치 상대가 원하는 것을 산 것처럼 생각한다. 내가 정답이라고 알고 있는 것이나 내가 정답이라고 주장하는 것은 엄밀히 따지면 정답이 될 수가 없다. 이상적인 정답이란 같은 경우에 항상 같은 결과를 얻을 수 있어야 하지만 그런 경우가 있기는 불가능하다. 힘이 있다고 정답이라고 빡빡 우기는 것은 잘못된 일이다. 누군가가 자기에게 정답이라고 외치면서 다가온다면 주의하는 것이 좋다. 어떻게 할 수 있는 힘도 하나 없으면서 엄청나게 큰일이나 하는 것처럼 세상을 두리번거린다. 정답이 있다고? 내가 그러면 하나 물어볼까? 죽지 않고 영원히 사는 방법을 말해봐. 그건 모르겠다고, 그럼 죽고 나서 정답이 무슨 필요가 있어, 소용없지! 누구나 죽음을 잊고 주어진 환경에서 최적의 상태를 유지하려고 애를 쓴다.

못사는 사람은 애를 쓰지 않아 먹고 입고 자는 것이 부실하고 잘사는 사람은 애를 써서 모든 것이 풍족한 것이 아니다. 다 같이 최선을 다해 열심히 살고 있지만 우연히 그런 결과가 있을 뿐이다. 혹시나 하는 마음에 나보다 나은 사람이 하는 짓을 따라 하면 나도 그렇게 되지 않을까 하고 욕심을 부려보지만, 아무 소용이 없다. 그것이 정답이라면 당연히 나도 그렇게 살 수가 있어야 한다. 누군가가 나에게 관심이 있어 어쩌고저쩌고하면 나는 말이 "다 자기 생긴 대로 사는 거지" 하고 낮은 대답을 한다. 이유는 네가 아무리 그래도 나에게는 정답이 아니라고 내심 판단을 하고 있기 때문이다. 그럼 너는 그렇게 하지 않느냐고 묻는다면 "당연히 나도 그렇게 하지" 하고 말할 수밖에 없다. 별로 잘나지도 않으면서 잘난 척하는 듯하니 그는 말할 것이다. 내가 경험하지 못한 일이니까, 경험했더라도 만족하지 못했으니까 하는 경우 더욱 믿고 싶은 마음이 생긴다. 그래서 정답 장사를 하는 사람도 많아지는 것이다. 내가 하면 로맨스고 남이 하면 불륜이듯이 남이 정답이라고 하면 의심들 하고 내가 정답이라고 하면 정답인 것이 정말 정답이라고 할 수 있는가?

인간이 가는 길이 다 같아 보이지만 자세히 개개인을 놓고 보면 같은 길을 가는 사람은 한 사람도 없다. 살아가는 데 정답이 있었다면 시작부터 죽는 순간까지 모두가 다 똑같아야 하지만 불가능한 일이다. 아무리 용을 써도 높은 하늘의 별을 딸 수 없듯이 인간이라는 미약한 능력을 망각해서는 안 된다. 욕망이 지나치면 본의 아니게 상처를 받을 수 있다. 주어진 환경에서 몸과 마음이 시키는 대로 잘 따라 사는 것이 내가 할 수 있는 최선의 선택이다. 그것밖에 달리 도리가 없는 것 아닌가? 정답이 있다고 확신한다면 그는 망상 환자일 가능성이 높다고 볼 수 있다.

생각은 청춘이다

유화 53*65 / 2019. 9. 16.

내가 하는 행동은 무엇 때문인가?

아침에 일어나면 화장실을 가고 아침을 먹고 오전 활동을 하고 점심을 먹고 오후 활동을 하고 저녁을 먹고 무엇인가 하다가 잠을 잔다. 이와 같은 행동은 무엇 때문에 하는 것인가? 습관이 되어 무의식중에 하는 행동이라고도 할 수 있겠으나 틀림없이 이유가 있을 것이다. 우리가 매일 섭취하는 음식물은 단순하게 먹는 행위가 전부가 아니다. 온 열정이 바쳐진 노력의 결과다.

아이고 어른이고 식욕에 관해서는 한 치의 양보도 할 수 없다는 게 인간의 능력으로는 어찌할 수 없는 진리다. 어릴 때부터 큰 것은 허리춤에 감추고 작은 것은 친구에게 나누어 주려 하고, 내 것보다 상대방이 가진 것이 더 커 보이면 빼앗으려 하고, 똑같은 밥그릇에 담은 밥도 상대방의 밥그릇이 더 큰 것이 아닌지 의심이 되면 바꾸고 싶은 충동이 생긴다. 아마도 인간의 모든 행동은 넓은 의미로 보면 식욕을 충족시키기 위한 모든 수단에 예속된다고 할 수 있다. 갓난아기가 엄마의 젖을 빤다거나, 어른이나 아이가 음식물을 섭취한다거나 하는 직접적인 행동이 있고, 일차적인 욕구를 충족시키기 위해서 하는 예비적 행동과 음식물을 획득하기 위한 전투적 행동이 있다. 있는 것을 먹는 것이나 내 것을 먹는 것은 직접적인 행동이므로 누구나 그리 다를 것이 없다.

어린이집을 가고, 유치원을 가고, 대학교를 가고, 유학을 가고, 기술을 배우기 위해 학원에 다니거나 실습을 하며 취업 준비를 위해 열심히 공부하는 이유는 무엇 때문일까? 때에 따라서는 본인이 잘 모를 수도 있다. 어린이집에 가는 어린이에게 이유를 물으면 어머니가 보내니까 간다, 친구 만나러 간다, 공부하러 간다는 둥 자기 생각을 이야기할 것이다.

먹을 것을 생산하기 위해 농사를 짓고, 먹을 것을 얻기 위해 품을 팔고, 먹을 것을 사기 위해 공장에서 일을 하고, 회사에도 다니고, 학생들을 가르치고, 공무원도 하고, 장사도 하고, 회사도 운영한다. 높은 굴뚝에 올라가서 농성하고, 머리띠를 매고 데모를 하고, 불법을 저지

르며 거짓말도 하고, 종교가 다르다고 전쟁도 불사하고, 이념이 다르다고 적으로 생각하고, 내 부모 내 형제도 내 밥그릇에 손을 대면 결국 용서할 수 없는 것도 다 같은 이유 때문이다.

하느님을 믿으라고 열을 올리는 목사나 천당에 보내주겠다고 기도하는 신부나, 극락세계 갈 수 있다고 염불하는 스님이나, 길바닥에 앉아 빈 그릇 놓고 구걸하는 걸인이나 다 궁극적인 목적은 같을 수밖에 없다.

세상에서 제일 무서운 것은 사람의 입이 아닐지 생각된다. 그 입을 충족시키기 위해서는 밑 빠진 독에 물을 붓는 격이라 아무리 넣어도 끝날 줄을 모른다. 죽는 날까지 채워야 한다. 자원이 한정되어 있다 보니 먹거리를 확보하기 위한 다툼은 영원히 살아질 수가 없다. 일회성으로 끝나는 것도 아니고, 있다고 영원한 것도 아니다 보니 끊임없이 추구할 수밖에 없다. 보는 것 듣는 것은 자동으로 작동하지만, 먹는 것은 인간의 노력으로 채워주어야만 정상적으로 기능을 하기에 누구나가 제일 중요한 일인 줄 본능적으로 알고 있다.

먹는 것이 보장된다면 훨씬 행복해질 수 있고, 다툼도 훨씬 줄어들 것이지만, 그렇지 않다면 목숨도 불사할 수 있다. 먹을 것이 없어 걸인이 되고 도둑질하고 이민을 가는 것을 두려워하지 않는다. 나는 TV 프로그램 중에 〈이제 만나러 갑니다〉 〈모란봉 클럽〉을 자주 본다. 어떤 이유에서건 배가 고파 먹을 것이 없어 더 이상 희망이 없다고 판단하고 목숨을 걸고 탈북하는 그들의 모습에서 죽음과 삶의 갈림길에서 겪었을 고통과 어려움에 응원을 보내고 싶다.

아침에 일어나면 이를 닦고 세수를 하고 면도를 하고 화장을 한다.

이를 잘 관리해야 음식을 잘 먹을 수 있고 음식을 잘 먹어야 건강하다. 세수하고 면도를 하는 것은 깨끗한 모습을 보이고 싶은 욕망이 있기 때문이고, 화장하는 것은 아름다운 피부를 유지하고 화장품 향기로 이성을 유혹하고 싶은 마음이 있기 때문이 아닐까? 다방에 가서 차를 마시고, 술집에 가서 술을 마시고, 미용실에 가서 머리를 하고, 전시회를 가고, 연주회를 가고, 노래방에 가서 노래를 부르고, 야구장에 가서 야구를 구경하고, 해외여행을 가고, 마사지를 받고, 예쁜 여성이 지나가면 감탄하는 이유는 무엇 때문일까?

아마도 허전한 야성을 달래기 위한 몸부림일지도 모른다. 본래 성욕이란 종족 번식을 위하여 무의식적으로 자연스럽게 일어나는 행위이지만 그렇다고 한가지 모습으로만 살아갈 수가 없는 것이다. 문화가 발달할수록 다양한 형태로 성에 대한 욕구를 푸는 방법들이 생겨나고 있다. 연애하는 기술이 있고 잘 생겨서 매력이 있는 경우는 이성을 만나 직접적으로 성욕을 채울 수도 있고, 그렇지 못한 경우는 어쩔 수 없이 대리만족시킬 방법을 찾아 성욕을 풀어야 건강해질 수 있다.

꽃도 예쁘면 만져보고 싶고 냄새도 맡고 싶어진다. 섹시하고 아름다운 여자가 옆에 있는데도 아무 느낌이 없다면 정상이 아니다. 성형도 하고 야한 화장도 하고 팬티 같은 바지를 입고 가슴이 보일 둥 말 둥 한 옷을 입고 다니면서 야한 생각을 하는 것 같다고 남자를 몰아붙인다면, 그럼 남자는 어쩌라고? 성욕에 대한 생각이 정말 다른 것인지 본심을 알 수가 없다. 여성은 그렇지 않은데 남성만 그렇다면 아이들은 어떻게 만들어졌으며, 결혼이란 왜 있는 것인가?

여자 친구가 보낸 동영상이다.

"여보 옆집 308호 아저씨 죽은 거 알아? 왜 죽었는데? 글쎄 어떤 여자랑 바람피우다 호텔에서 아내한테 걸려서 깜짝 놀라서 심장마비로 복상사했대. 그래서 그 집 아줌마가 그 아저씨 장사 치르려고 관에 넣었는데, 얼마나 심하게 비아그라를 먹었는지 그게 죽지 않아서 관뚜껑이 안 덮이더래. 그래서 목사님, 신부님 다 모시다가 기도도 하고 별짓 다 해도 그게 서 있어서 관이 안 덮이더라는 거지. 그래서 장례식도 못 치르고 관만 보고 망연자실하고 있는데, 지나가던 스님이 목탁을 치면서 '이 집 아저씨 복상사했군요' 그러더래. 아주머니가 깜짝 놀라 '스님이 그것을 어떻게 아느냐'고 물었더니, 나무아미타불만 하더래. 그래서 다급해진 아주머니가 '스님, 제발 저 관뚜껑만 덮게 해주세요. 시주는 얼마든지 할 테니' 했더니, 스님이 '아… 그러시면 내 계좌에 5백만 원만 입금해 주십시오. 그러면 닫아드리지요' 하더래. 그래서 입금하고 나니, 스님이 자기 이름을 묻더래. 그래서 김경자라고 했더니, 다음에 '관이 어디에 있습니까?' 하고 묻더래. 그래서 관이 있는 방으로 데리고 갔더니, 스님이 '내가 염불하는 동안 누구도 보거나 들어서는 안 된다'고 하더래. 알겠다고 했더니, 스님이 들어가고 5분도 안 돼서 다시 나오더래. 그리고 스님이 조용히 '이제 장례를 치르시면 됩니다' 하더래. 그래서 방에 들어가서 보니 관뚜껑이 닫혔더래. 그래서 어떻게 닫았느냐고 물었더니 나무아미타불만 하고 가더래. 장례를 잘 치르고 너무 궁금해서 그 방에 있던 CCTV를 확인했더니 스님이 다급하게 염불하더래. '경자 왔다 나무아미타불, 경자 왔다 나무아미타불, 경자 왔다 나무아미타불' 그러더니 관이 스르르 닫히더래."

인간은 죽음을 몹시도 두려워한다. 어떻게든 죽음에 이르지 않기 위해 수단과 방법을 가리지 않고 헤어날 방법을 찾는다. 아무리 애를 써도 그것을 내 뜻대로 되지 않는 줄 알면서도 애를 쓰는 이유는 무엇일까?

본능적인 삶의 욕망 때문에 죽지 않으려고 애를 쓰는 것은 당연한 일이기 때문이다. 아프지 않으려고 예방주사를 맞고, 아프면 병원 가서 치료받고, 큰 병 있을까 봐 건강검진 받고, 몸에 영양소가 부족할까 봐 영양제 먹고, 몸보신한다고 보약 먹고, 살이 너무 찌면 안 된다고 다이어트하고, 몸 건강히 지내라고 운동도 하면서 죽음으로 가는 시간을 늦추려고 저마다 튼튼하다고 생각되는 장벽을 열심히 쌓는다. 죽음은 그렇게 오지 않는다는 것을 알면서도 인간이 할 수 있는 것은 그렇게 하는 것이 최선의 방법이라고 생각하기 때문이다. 때가 되면 눈도 나빠지고, 이빨도 나빠지고, 관절도 나빠지고, 머리도 나빠지고, 손발도 마음대로 움직일 수 없는 것을 막을 수 없다는 것을 알게 되면 인간 능력의 한계를 인정하기 시작하게 된다. 먹고살 만하면 편안하고 살기 좋아서 행복해야 하는데 그렇지를 못하다.

세상일이 궁금해서 신문을 보고, 텔레비전을 보고, 인터넷을 보고 있으면 잘난 사람이나 못난 사람이나 저 잘났다고 사방에서 싸움질이다. 드라마나 동영상을 보면 자극적이고 잔인한 장면이 대세인 것처럼 시청자에게 전달되고 있어 끔찍할 때가 많다. 피를 흘리거나 잔인한 모습이 나올 때면 나도 모르게 채널을 돌리는 버릇이 생겼다. 저들은 무엇 때문에 저렇게 살아가고 있을까? 하고 몹시도 궁금했는데 생각을 해보니, 저마다 식욕을 채우기 위해서거나, 성욕을 해결하기 위해서거나, 아니면 죽음을 미루기 위한 인간의 욕망을 위해서 본능에 충실해지고자 하는 몸부림이었다고 생각하니 기분이 별로다. 잘났다는 인간의 민낯을 보는 것 같아서 그런 모양이다.

미확정 예술

유화 53*65 / 2019. 9. 25.

알 수가 없다.

알 수 있는 것과 알 수 없는 것을 아는 것은 중요한 일이다. 과거나 현재에 경험했던 것들은 안다고 할 수 있으나, 아직 경험하지 못한 일들은 모른다고 해야 맞는 것이다. 인간은 살아가면서 경험하지 못한 미래에 대해 끊임없이 궁금해하고 알고 싶어 안달한다. 안전하게 행복하게 잘 살아갈 수 있을까 하는 두려운 마음 때문이다. 궁금해하지 않아도 살아가는 데 아무 문제는 없다. 원주민처럼 태어난 곳에서 평생을 살다 죽어도 아무 문제가 없는 것처럼 말이다.

그러나 머리가 깨고 문명이 진화하면 할수록 알 수 없는 세상을 더욱 알고 싶어하는 욕망이 커지게 된다. 한편에서는, 이를 이용하여 돈벌이 수단으로 이용하기도 한다. 엄밀히 말하면 사기 치는 사기꾼이라고 할 수 있지. 우리는 누구나 그렇게 살아간다. 그렇지 않으면 풍성한 세상을 만드는 데 반을 잃어버리기 때문이다. 반이 아는 것이라면 알 수 없는 것이 반이다.

만약에 아는 것만으로 세상을 살아간다면 정말로 따분하지 않을까? 모든 것이 일어나는 것을 보고 나서 아는 세상에서 살아간다면 어떨까? 알 수 없는 미래는 생각하지 말고 현실에만 충실히 하라는 현자들의 말을 자주 듣는다. 알 수 없는 앞일을 얼마나 걱정하고 살아가면 그런 말을 하는 것일까. 아마도 영원히 사라지지 않을 것이다. 알 수 없는 것을 알지 못하는 무지한 사람이 한 사람이라도 남아 있다면 말이다.

어머니가 살아 계실 때 새해가 되면 철학관에 가서 자식들의 운세를 보곤 하셨다. 자식들이 얼마나 걱정이 되셨으면 앞으로 어떻게 지금보다 나은 삶을 살 수 있을까? 하는 바람 때문이 아닐까? 나는 큰딸의 성적이 어중간해서 답답한 마음에 대학원까지 나왔다는 총각 도사 철학관에 가서 학교는 어떻게 갈 수 있겠는지 물어본 일이 있었다. 둘째 딸도 평생교육원 명리학 선생에게 직장과 결혼에 관해 물어본 일이 있다. 그때는 그렇게 그들은 안다고 믿었기 때문이다.

나는 생각이 많은 편이다. 그래서 두서없는 생각들을 정리하기 위해 심리학 공부를 했다. 심리학 공부는 그래도 생각했던 것보다는 과학적인 학문이라는 생각이 들었다. 심리학 공부를 하고 나니 우리의 운명이 날 때부터 정해졌다고 하는데 사실인지 알고 싶었다. 그래서 등록하기 전에 선생님에게 명리학이 과학적인지 아닌지 물어보니 아주 과학적이라는 이야기를 듣고서 2년 동안 공부를 했다. 지금은 미래에 대한 인간의 운명을 인간이 알 수 있는지, 알 수 없는지를 알 수 있게 되었다.

지식이란 바뀌지 않는 것이 아니다. 언제든지 바뀔 수 있는 것이다. 상황에 따라 진실과 거짓으로 사람의 마음을 이랬다저랬다 하게 만들기도 하므로 어느 것이 진실인지 아리송할 때가 많다.

하느님을 믿어야 천당을 간다, 하느님을 믿는 자만이 천당을 간다고 한다. 천당이 있는지 없는지도 알 수가 없고, 천당이 어떻게 생겼는지 본 사람도 없다. 죽어서 가는 곳인지, 살아서 가는 곳인지조차도 아는 사람이 없다. 그런데도 천당이라는 곳을 잘 안다고 하는 사람이 너무나 많다. 부처를 믿으면 극락을 간다고 한다. 두 손을 모으고 이상한 물건만 보면 정성을 다해 절을 하거나 굽신굽신 허리를 조아린다. 극락이라는 곳을 가본 사람은 한 사람도 없다. 만약 가본 사람이 있다고 우기면 할 말은 없다. 능력이 부족해서 그런 거라고 한다면 어쩔 수 없이 인정할 수밖에 없다. 완벽하지 않다는 내 능력을 스스로 알고 있기 때문이다.

무지하다고 알 수 없는 허상의 세계를 만들어 놓고 자유의지가 무시된 채 대중을 꼭두각시처럼 만들어 쥐락펴락하고 있다면 언젠가 진실이 드러날 것이다. 그때가 되면 믿었던 사람은 자신의 어리석음에

맥이 빠질 것이고, 허상의 세계는 무너지고 반드시 사라지고 말 것이다. 힘든 육체의 실상은 위로받을 정신적인 허상의 세계가 필요할지도 모른다. 필요 이상의 압박이 가해진다면 육체가 더욱 힘들어지고 결국 헤어나고 싶어지게 되어 있다. 그래서 한때 왕성했던 허상의 세상은 망하고 말았다. 인간은 1차원, 2차원, 3차원 세계는 볼 수 있지만 4차원 세계부터는 볼 수 없으므로 확인할 방법이 없다. 아는 것만큼 보인다는 세상의 이치를 누가 아니라고 할 수 있겠는가?

누군가가 내가 모르는 것을 잘 안다고 하면 처음에는 의심하다가 결국에는 인정들 하고 받아들이게 된다. 살아가면서 적어도 미래를 확신하는 일에 너무 큰 희망을 건다면 그에 상응하는 실망을 경험하게 되지 않을까 생각한다. 미래를 확신하는 일은 바람직한 일이 아니다.

바람직하지 않은 것을 믿는 것은 더욱 바람직하지 않은 것이다. 현재에 어떻게 하면 미래에 어떻게 될 것이라고 하는 것은 잘못된 것이다. 현재 인간의 능력으로는 그것을 알 수가 없기 때문이다. 내가 잘 모르는 것이나 남이 강요하는 미래의 확신은 의심하고 올인하지 않는 것이 좋다. 그러기 위해서는 이유를 알아야 하고, 그렇지 않다면 상식만큼만 믿는 것이 좋다.

알 수 없는 일로 알 수 없는 사람을 유혹하는 일은 사라지지 않는다. 그것은 그것을 좋아하는 인간의 심리와 그것을 이용하는 사람의 목적이 서로 맞아떨어지기 때문이다. 천당을 보내준다고 전 재산을 바치라고 하는 일이나, 천당을 가겠다고 전 재산을 바치는 일이 생긴다면 어떻게 받아들여야 좋을까?

증권거래소 분석가가 추천하는 주식을 사면 앞으로 대박을 터뜨린다거나, 명당에 조상을 모시면 앞으로 자손이 잘된다거나, 도를 닦으면 앞일을 알 수 있는 도사가 된다거나, 공부를 열심히 하면 성공할 수 있다거나, 선생님 말씀 잘 들으면 훌륭한 사람이 된다거나, 무슨 펀드에 투자하면 고수익을 올릴 수 있다거나 하는 일들이 지금도 끊임없이 우리의 주변에서 일어나고 있다. 완전하지도 않지만 그렇다고 100% 거짓말이라고도 할 수 없는 일이다. 앞일이라는 게 정해진 것이 아니기 때문에 누구도 알 수가 없기 때문이다. 그것을 두고 서로가 옳다고 다툰다면 결판이 나지 않는다.

누구나가 한 번쯤 천당을 가겠다고 신앙도 가져보고, 돈을 벌겠다고 주식 투자나 부동산 투자도 해보고, 도를 닦겠다고 명상도 해보고, 성공하겠다고 열심히 공부도 해보고, 훌륭한 사람이 된다기에 선생님 말씀도 잘 들었는데 지금 생각해 보면 그렇게 되었다고 확신할 수 있는가? 가설에 인생을 전적으로 맡긴다는 것은 좋지 않다. 온전하지 못한 못난 사람이 살아가는 방법이다. 아무리 주의를 하라고 강조해도 알아차리지 못하면 누군가의 봉이 되어 자신을 포기하거나 아니면 허황한 욕망 때문에 막심한 후회를 하게 된다.

미래의 소망을 내세워 지나친 믿음을 강요하는 것은 자신이나 다른 사람에게 사기를 치는 일이다. 욕망에 대한 허황한 꿈을 꾸고 있는 동안 알 수 없는 예언가가 늘 곁에 있을 것이며, 유혹의 손길을 뻗을 것이다.

만물의 순환 원리

유화 53*65 / 2019. 9. 30.

거짓말이다.

오랜 세월 나는 많은 말을 했다고 생각한다. 뚜렷이 기억되는 말은 떠오르지 않는다. 가까운 과거인 어제는 무슨 말을 했지? 하긴 했는데 잘 기억나지 않는다. 더 가까운 오늘은 무슨 말을 했지? 하기는 한 것 같은데 정확하게 기억나지 않는다. 아마도 실체가 없다 보니 그런 모양이다. 말이란 실체가 없으므로 말 자체가 본래는 없는 것이지만 인간의 뇌 속에서 만들어진 생각들을 세상에 드러내 주는 훌륭한 무형의 도구다.

　인간은 세상에 태어나면서 제일 먼저 말을 배운다. 나와 세상과 소통하기 위한 중요한 수단이기 때문이다. 내 생각을 말하고, 상대의 생각을 말로 듣는다. 반복해서 하다 보면 무의식중에 습관이 되고 반복해서 듣다 보면 저항 없이 받아들인다. 그렇게 해서 하나의 의미가 만들어져 의식 속에 저장되면 삶의 방편이 되어 살아가는 수단으로 언제까지 일조하게 되는 것이다.

　'공부를 열심히 해라' '선생님 말씀을 잘 들어라' '부모님 말씀을 잘 들어라' '조상을 잘 섬겨라' '하느님을 잘 믿어라'와 같은 말을 셀 수 없이 사방에서 듣고 자랐고 지금은 내가 그렇게 누군가에게 하고 있다. 별다른 생각도 없다. 남이 그렇게 말하니까 나도 당연히 그렇게 해야 하는 것으로 믿고 자랐기 때문이다. 그것이 사실인지 아닌지를 따진다는 것은 대중이 보기에는 건방진 일이었다. 생각이 거기까지밖에 미치지 못하다 보니 아직도 여전히 그렇게 무심히 받아들이고 있다. 그러다 보니 잘 모르고 시주하는 인생을 살아가게 되고 말았다. 들으면 그럴듯했던 말들이 돌이켜 생각을 해보면 그 말들을 의심했어야 마땅했다.

　성경책 창세기에 "태초에 하나님이 천지를 창조하시느라" 말해서 천지가 만들어졌다고 한다. 말은 참말, 거짓말, 헛말로 생각을 전달하는 수단으로 이용되고 있다. 나에게 이익이 되는 생각을 전달하는 수단의 말은 참말이다. 나에게 손해가 되는 생각을 전달하는 수단의 말은 거짓말이다. 나에게 이익도 손해도 주지 않는 생각을 전달하는 수단의 말은 헛말이다. 실체가 없는 생각을 실체가 없는 말로 드러낼 때 어떻게 구분할 수 있을까? 말 자체는 중요하지 않다. 말이 갖는 의미가 중요한 것이다. 누군가의 생각이기 때문이다. 말로 천 냥 빚을 갚기도 하고, 원수가 되기도 하고, 천국 같은 세상을 만들기도 하고, 지옥 같은 세상을 만들기도 하는 무서운 힘을 가지고 있는 것이 말이다.

우리가 지금까지 접하고 있는 말 중에 곰곰이 의미를 되새겨 보면 새로운 세상을 볼 수 있을 것이다. 아무 생각 없이 믿었던 말들이 얼마나 무지하고 어리석은 나를 만들었는지 모른다. 지금도 여전히 그런 말들을 무슨 훌륭한 사람이나 된 것 모양 끊임없이 이어가고 있다. 부모가 하는 말, 형제가 하는 말, 친구가 하는 말, 이웃이 하는 말, 상사가 하는 말, 선생이 하는 말, 신부가 하는 말, 목사가 하는 말, 스님이 하는 말, 통장이 하는 말, 정치가가 하는 말, 장사꾼이 하는 말 등… 많은 말이 있다.

말은 언제 하게 되는 걸까? 나에게 이로움이 된다고 머릿속에서 생각이 몽글몽글 일어나는 순간이다. 유리한 위치에서는 참말로 생각을 드러내고, 불리한 위치에서는 거짓말로 생각을 드러내고, 이도 저도 아닐 때는 헛말로 생각을 드러낸다. 내가 이렇게 말할 때 상대도 똑같은 방법으로 말한다. 나의 거짓말은 상대가 몰라야 하고, 상대의 거짓말은 내가 알아야 한다. 그런 사람을 우리는 지혜로운 사람이라고 한다.

살아가면서 지난날을 생각해 보면 부모님이 나에게 많은 말을 했을 성싶은데 특별히 기억에 남아 있는 것은 없다. 형제지간에도 서로가 많은 말을 하면서 자랐을 것인데 특별히 기억에 남아 있는 것이 없다. 친구 간에도, 이웃 간에도, 사제 간에도, 회사 동료 간에도 그렇다. 만약에 누군가가 그렇지 않다고 한다면 그는 실체가 없는 허상을 비수로 착각하고 어딘가 꼭꼭 숨겨 두었기 때문일 것이다. 비수 같은 말은 씨앗이 되어 조건이 맞으면 움을 틔우고 자라 세상에 드러나게 된다.

이유 없이 괴로워지고 싶은 생각이 든다면 비수 같은 말을 의식 속에 저장해 놓은 것이 없는지 곰곰이 조사해서 없애는 것이 좋다. 나를 위해 하는 참말이나 거짓말은 목적이 있으니 살아가기 위해 어쩔 수 없는 일이다. 자체로 보면 그리 대단하지 않은 것도 꾸미기에 따라 보잘것없는 풍선이 될 수도 있고 무서운 태풍이 될 수도 있다.

인간의 뇌는 꾸미는 기술이 어느 생물보다 진화하였다. 그래서 육체도 꾸미고 인격도 꾸미듯이 말을 꾸미는 일에 너무나 익숙해져 있다. 참말과 거짓말을 헛말로 덧씌우고 덧씌워서 본말이 무엇인지 알수가 없을 지경이다. 나무젓가락도 하나일 때는 별것 아니지만 여러개가 모이면 꺾기 어렵듯이 헛말로 꾸미기 시작한 말이 점점 커지기 시작하면 힘이 생기기 시작하고 결국 자기와 같은 말에 동의하지 않는자를 무시하고 적으로 만들기도 한다. 부역자가 하는 말이 모이고 모여 무엇을 어떻게 해보려고 하는 것은 참으로 허황한 일 같아 보이지만 좋은 일이든 나쁜 일이든 의도적으로 그렇게 하는 부역자가 있기마련이다.

세상일이 참말이나 거짓말만큼만 힘이 있었으면 좋겠다. 아무 생각 없이 뱉어낸 헛말이 모여 가치 이상의 힘이 만들어지면 불공정한 세상이 만들어지기 십상이다. 좋은 것은 포장이 별로 필요하지 않다. 아닌 것, 좋지 않은 것을 그럴듯하게 보이려면 포장이 필요하다. 많으면 많을수록 더욱 그럴듯하게 보일 수 있기 때문이다. 물건이나 일이나 사람이나 말 포장을 너무 많이 하다 보면 결국 속을 의심받게 된다. 진실을 알았을 때 별 뜻 없이 했던 말 부역의 힘을 느끼게 된다. 하찮은 말 부역으로 감당할 수 없는 일이 일어나지 않도록 생각 없이 말하는 습관은 고쳐야 한다.

모른다고 나보다 말 잘하는 사람이 하는 말을 곧이곧대로 믿는 것은 좋지 않다. 그들은 자신의 말이 참말이라고 부조의 말을 듣고 싶어 몸부림을 치는 것이다. 무슨 말이든 들어보고 생각하고 가치만큼만 부조 말을 하는 것이 좋다. 그것이 그래도 덜 나쁜 세상을 만들 수 있는 일이기 때문이다.

앞으로 첫째 나에게 이익이 되는 참말만 해라.

둘째 나에게 이익이 되는 거짓말만 해라.

셋째 나에게 이익이 되지 않는 헛말은 공익에 이익이 되는 쪽에서 부조 말을 하면 이유 없이 한쪽으로 침몰하는 일은 일어나지 않을 것이다. 주인이 없는 말은 무시하고 주인이 있는 말은 참말인지 거짓말인지 확인을 해야 한다. 그래야 내가 일어나는 어리석음을 막을 수 있다.

부처님도 제자들에게 내 말을 무조건 믿지 말고 생각해 보고 맞다고 생각되면 따르라고 했듯이 우리도 넘쳐나는 말속에서 정신을 차리고 말의 의미를 다시 한번 곰곰이 생각해 보는 것이 필요할 때다? 잘못된 말인 줄 알면서도 내 편이라고 무조건 편을 드는 것은 바람직하지 않다.

호기심과 두려움

유화 53*65 / 2019. 12. 22.

바람직한 삶이란?

먼 산에 단풍이 들더니 어느새 날씨가 쌀쌀하게 온도가 내려간다.

40년 이상 다닌 교회인데 아직도 나는 신앙인이라는 생각을 해본
적이 없다. 스스로가 그렇게 느끼고 있으니, 거짓말은 아닐 것이다. 진
짜 신앙인은 어떤 것인가? 그런 신앙인이 있다면 정말 바람직한지는

아직도 잘 알지 못한다.

　모태신앙을 가진 안식구가 몸이 불편하여 교회를 가지 않는 일이 많아지다 보니 나도 덩달아 가지 않게 되는 일이 많아졌다. 더우면 더워서 가지 않고, 추우면 추워서 가지 않고 이 핑계 저 핑계를 찾아 어떻게도 가지 않으려고 하는 마음이 우세하다. 요사이는 저녁 기도를 하고 있는데 마음에서 우러나서 한다기보다는 안식구가 하는 기도에 김새지 않도록 협조하는 마음으로 하고 있다. 가끔 기도서 내용이 불만스럽다. 나는 죄를 지은 일도 별로 없는데 무조건 죄인 취급하는 것이 그렇다. 기도하면 죄를 사해준다고 하는데 믿어야 하나 말아야 하나? 잘 모르겠다.

　인간은 누구나가 유전적인 요인과 환경적인 요인에 따라 자기만의 세상을 만들어 간다. 이런 적응 능력은 인간뿐만 아니라 우주에 존재하는 모든 것들이 그렇다. 적응 능력이 떨어지면 결국에는 도태되고 적응 능력이 우수하면 살아남게 된다. 하는 행동 하나하나가 살아남기 위한 몸부림이다. 자연스러운 자연의 이치라는 이유가 필요 없다. 살아가는 방식에는 목적이 있는 것도 있고 목적이 없는 것도 있다. 목적이 있는 것은 진리에 부합되는 일이나 목적이 없는 것은 진리에 역행하는 일이다. 지혜롭지 못하면 분별없이 살아갈 수도 있다.
　우리는 주어진 환경에서 자신만의 생존을 위해 살아가지만, 혈연 · 지연 · 사회 · 국가의 관계망을 무시할 수는 없다. 내가 하늘에서 뚝 떨어진 것도 아니고 싫다고 모든 것을 완전히 끊어 버릴 수도 없기 때문이다. 그러다 보면 자신을 위해 애쓴다는 것이 아무에게도 도움이 되지 않는 일도 하게 된다. 내가 잘살아 보려고 애를 쓰는데 식구 중에 누군가가 자꾸 방해를 한다면 어떻게 해야 할까? 내가 잘살아 보려고 애를 쓰는데 사회가 받아들이지 않는다면 어떻게 해야 할까? 내가 잘살아 보려고 애를 쓰는데 국가가 허락하지 않는다면 어떻게 해야 할까? 어떤 사람은 장애물을 극복하려고 노력할 것이고, 어떤 사람은 한계로 받아들이며 굴복할 것이다. 환경을 극복하려고 애쓰는 사람이 그렇지 않은 사람에 비해 긍정적인 면은 있지만 그렇다고 결과가 더 나아질 것이라고 확실히 보장할 수는 없다.

과일나무에 과일이 탐스럽게 달리지 않았다면 누구의 탓일까? 첫째 씨앗이 좋지 않을 수도 있고, 둘째 땅이 좋지 않을 수도 있고, 셋째 기후가 맞지 않을 수도 있다. 기후에 잘 맞는 좋은 종자를 선택해서 심고 땅 관리만 잘해준다면 좋은 열매를 맺을 확률이 높다. 그러나 인간은 그렇지 않다. 가릴 수 있는 씨앗이 아니기 때문에 자라서 어떤 사람이 될지는 아무도 알 수가 없다. 살아가면서 저마다의 꽃을 피우고 저마다의 열매를 맺게 된다. 자신의 기준으로 보면 자신의 삶은 후회할 일이 있다 한들 어쩔 수 없는 최상의 선택이라고 믿고 싶어 한다. 보는 기준에 따라 판단 결과가 달라지기 때문에 일방적일 수밖에 없다. 일방적 기준을 갖고 있는 사람은 중립적인 기준을 좋아하지 않는다. 상대방이 자신의 단점을 잘 알고 있기 때문이다.

인간은 자신을 보호하기 위하여 자기 자신과 싸워야 하고, 가족과 싸워야 하고, 사회와 싸워야 하고, 국가와 싸워야 한다. 안으로는 자신을 지키고 밖으로는 자신을 보호하기 위해서 그렇게 하는 것이다. 자신을 지키기 위해서는 이기적이어야 하고 보호받기 위해서는 헌신적이어야 한다. 그렇지 않으면 배신자가 되기 십상이다. 우리의 삶을 이해하기 어렵다면 동물의 세계를 보면 알 수 있다. 집단에서의 서열과 합동으로 하는 먹이 사냥을 하는 모습에서 우리의 내면을 이해할 수 있다. 생존을 위하여 묵시적으로 인정해야만 하는 조물주가 계신다.

땅을 파서 농사를 짓는 사람이나, 물건을 만들기 위해 공장을 운영하는 사람이나, 물건을 사고팔며 장사를 하는 사람이나, 공공기관에 종사하는 사람이나, 사회단체에서 일하는 사람이나, 국민을 위하여 봉사하겠다고 큰소리치며 정치하는 사람이든 누구나가 첫째가 자신이고 둘째가 조직이어야 한다. 그것이 자신의 욕망을 오랫동안 유지할 최선의 방법이라는 것을 알기 때문이다. 자신에게 보탬이 되지 않는 조직은 본래 의미가 없는 것이다. 그렇지 않다고 생각한다면 반드시 후회할 때가 온다고 봐야 한다.

한쪽에서는 자연을 보호해야 한다고 주장하고 한쪽에서는 자연을 파괴한다고 열심이다. 한쪽에서는 동물을 보호해야 한다고 애를 쓰는데 한쪽에서는 고기를 먹기 위해 동물을 죽인다고 열심이다. 한쪽에서는 자신의 건강을 지키려고 애를 쓰는데 한쪽에서는 자신의 건강을 망치려고 열심이다. 한쪽에는 나라를 구하겠다고 목숨을 잃은 안중근 열사가 있는가 하면 한쪽에는 자신의 영달을 위해 나라를 팔아먹은 이완용도 있다. 한쪽에서는 어려운 사람을 돕겠다고 애를 쓰는데 한쪽에서는 국민의 피를 빨아먹는 통치자도 있다. 돌아가는 현실이 이럴진대 바람직한 삶이란 어떤 것인가?

장애아로 태어나 힘들게 살다가 가는 인생도 하나의 길이요, 흙수저로 태어나 흙수저로 가는 것도 하나의 길이요, 금수저로 태어나 흙수저로 돌아가는 것도 하나의 길이요, 금수저로 태어나 금수저로 돌아가는 것도 하나의 길이다. 오직 하나밖에 없는 길을 가는 인생을 이기적인 감정을 실어 바르니 그르니 판단한다는 것이 과연 의미가 있는 일인가?

세상에 존재하는 것들은 그 자체로 인정받고 존경받을 만한 가치가 충분히 있다고 생각한다. 그래서 우리는 서로가 사랑을 해야 마땅하다. 이런 삶이 바람직한 삶이 아닌가 생각된다.

할 수 있는 것은 마음뿐이다

유화 53*65 / 2020. 1. 26.

헝클어진 생각.

물티슈로 방을 닦고 세탁기를 돌리고 밥을 하고 시장을 봐서 반찬을 만드는 가정주부 아닌 가정주부를 한 지도 근 10여 년이 되었다. 처음에는 조금씩 도와주던 것이 주업이 되다 보니 스트레스가 은근히 쌓인다. 직장 다닐 때는 직장 일만 하면 집안이야 어찌 되건 관심 밖이었다. 돈 벌어 온다는 핑계로 서로가 묵시적으로 인정했던 것 같다. 하숙집에서부터 직장을 다닐 때는 반찬이 맛이 있느니 없느니, 밥이 지니 되니 하면서 음식 투정을 많이 하였다. 오직 나 자신만을 생각하는 이기적인 생각 때문이었다.

누구나가 하루에 보통 세 끼를 먹는다. 아침 먹고 나면 점심때가 되고 좀 있으면 저녁때가 된다. 매일 세끼를 챙겨 먹는다는 것이 보통 일이 아니라는 것을 알게 되었다. 해주던 것을 그냥 먹을 때는 몰랐는데 직접 식사를 챙기다 보니 그렇게 된 것 같다. 잘 먹으려면 먹는 사람도 부지런해야 하지만, 만드는 사람이 특히 더 부지런해야 한다. 오늘 점심은 라면 대신 얼린 육수 국물을 녹인 데다 떡과 만두 감자와 계란을 풀어 떡국을 끓여 먹었다. 라면을 먹자던 사람도 맛있단다. 지금은 맛있는 음식을 먹을 때 누구랑 같이 먹었으면 하는 생각이 잘 들지 않는다. 내가 잘 못살고 있는 것인지 아니면 너무나 풍족한 물자 때문에 그럴 필요가 없어서 인지는 잘 모르겠다.

이따금 공허한 시간이 생기면 차분하기보다는 의식적으로 어슬렁거리기 시작한다. 헝클어진 생각을 정리하기 안성맞춤인 순간이다. 친구란 어떤 것인가? 과거에 친하게 사귄 적이 있는 사람이면 누구나 친구라 할 수 있는가? 아니면 현재에도 여전히 친해야 친구라 할 수 있는가? 친하게 사귄다는 의미는 무엇인가?

초등학교 동창들이 카톡으로 많은 글과 동영상을 올린다. 본인들은 무슨 생각으로 올리는지는 몰라도 내가 보기에는 아무 의미가 없어 보인다. 그냥 동창이면 무조건 친구가 되어야 하는가? 오랜만에 만나도 할 말도 없다. 만나면 오랜만이다. 잘 지냈냐? 그리고 나서 할 말이 없다. 냉정하게 놓고 보면 무슨 친구야, 알아듣지도 못하는 자기 말만 하다 말면서, 내가 친구에게 해줄 것도 없고 친구가 내게 해줄 것도 없고, 그냥 있는 그대로 멍하니 잠시 지켜보는 것이 다. 그나마 누군가가 잘되면 질투하고 부러워하고 시기하는 마음이 보이면 반갑기는커녕 불편한 마음뿐이다. 거기다가 공허한 마음을 달래겠다고 희망을 품고 있다면 크게 잘못된 것이 아닌가!

세상에는 많은 사람이 있지만 내가 아는 사람이 없다. 가까운 시장이나 가까운 백화점이나 늘 다니는 거리에는 많은 사람이 있다. 그들에게 내가 아는 체를 하면 아마도 미친 사람 취급을 할 것이다. 한 번 보고 두 번 보는 사람이면 웃음을 주고, 말도 걸고, 때로는 선물 공세도 해본다. 혹시나 공허함을 달래줄 친구가 되지 않을까 하는 생각에서 애를 쓰는 것이다. 결국에는 모든 것이 헛수고라는 것을 알고 있다. 그래도 포기할 수는 없는 일이다. 인간은 본래가 어리석기 때문이다.

누구나가 직장을 은퇴하고 나면 노후를 걱정하지 않을 수가 없다. 돈과 건강이 제일 큰 문제다. 매달 받던 월급이 없어지고, 몸은 여기저기 탈이 나기 시작하면 병원에 다녀야 한다. 아마도 일반 회사원이라면 받는 연금만으로 생활하기가 어려울 것이다. 그래서 조금이라도 경제적 보탬이 되고자 일을 해야 하고, 모아놓은 돈을 잘 관리해야 살아가는 데 탈이 없다. 일이란 건강이 허락하는 데까지만 하면 되는데, 모아놓은 돈을 잘 관리하기란 쉬운 일이 아니다. 이자가 적어 생활에 보탬이 되기는커녕 물가를 감안하면 실제로 원금이 줄어들고 있는지도 모른다. 그렇다고 이자를 더 받겠다고 위험한 곳에 투자할 수는 없는 일이다. 금리가 낮다 보니 가진 돈을 어떻게 굴려야 할까 하고 고민이 많을 수밖에 없다.

주식 투자는 여유자금으로 하란다. 여유자금이니 까먹어도 괜찮다는 이야긴지 무엇인지 잘 모르겠다. 또 다른 10년은 어떻게 해야 돈을 벌 수 있을까? 내로라하는 경제전문가의 이야기는 어렵고 혼란스러운 경제 현실만 잔뜩 늘어놓고 애매한 말만 하다 만다. 돈을 버는 방법에는 일을 해서 돈을 버는 것, 주식을 해서 돈을 버는 것, 부동산을 해서 돈을 버는 것이 있다. 일을 해서 돈을 버는 것 말고 다른 것은 불확실하므로 위험부담이 있다. 일을 해서 돈을 버는 것은 한계가 있으므로 인간의 욕망을 다 채우지 못하다 보니 불확실한 요소에 투자하고 싶은 유혹을 뿌리치기가 어려운 것이다. 불확실한 요소란 미래의 일이다. 아무도 알 수가 없다. 그런데 똑똑하다는 사람이 아는 체를 한다. 누구나가 아는 체를 하는 사람의 말을 믿고 싶어 한다. 역시 인간은 어리석기 때문이다.

한 일은 없어도 때가 되었으니, 밥은 먹어야겠다. 특별히 준비한 것이 없으니 있는 반찬(돼지고기찌개, 김장 김치, 튀김 고추, 시금치나물, 멸치볶음)에 전기밥솥 밥이다. 부지런하지 않으면 잘 먹을 수가 없다는 것이 내 철학이다. 이는 현재의 말이니 맞는 말일 것이다.

요사이 감기 증상으로 죽을 수도 있다는 신종 코로나바이러스가 중국에서 발생하여 온통 난리다. 전염력이 높아 나라마다 전파가 확산하는 것을 막겠다고 비상사태다. 인접 국가인 우리나라도 국내 유입을 차단하고 우리 교민의 안전을 위해 국가에서 발 벗고 나섰다. 전세기로 국내에 들어오는 교민은 감염 여부를 확인하기 위해 임시 생활시설에 일정 기간 머물러야 한다. 수용시설이 있는 주민들이 자기 지역에서 격리 수용 반대 데모를 하고 있다. 우리 지역은 이 핑계 저 핑계를 대면서 안 된단다. 현재 사는 곳이 위험해서 안전한 곳으로 오겠다는 교민을 오지 못하게 막는다면 다름 아닌 난민을 만드는 일이다. 부모가 있는데도 부모가 없는 고아를 만드는 일과 다르지 않은 일이다. 입장을 바꿔 생각해 보면 쉽게 이해가 되겠지만 이기적인 본성 때문에 그렇게 하기가 쉬운 일이 아니다. 그럴 때 우리는 '양심' '양심' 하면서 외치는 것이다. 아무리 외쳐도 내가 손해가 되고 위험부담이 크다면 잘 들리지 않는 모양이다.

우리는 누군가가 불편함을 감수하기 때문에 편리함과 안전을 누리는 것이 많다. 한 예로 방사선 누출 위험이 있는 원자력 발전소, 분진 발생이 문제가 되는 화력발전소에서 생산되는 전기는 그곳 주민의 불안과 불편함의 감내 없이는 어려운 일이다. 말로는 이성을 외치고 있지만 감성이 앞서는 것은 나약한 인간이기 때문에 어쩔 수 없는 일이다. 어리석은 줄 알지만 생존본능의 한 수단이기 때문에 절대 사라지지는 않을 것이다.

외로운 영혼을 달래기 위한 수단으로 친구를 찾는 일이나, 육체의 만족을 위해 물질을 추구하는 일이나, 육신의 안전을 위해 부리는 이기심은 살아가는 데 필요한 것이니 마음 가는 대로 그냥 적당하게 살아가면 되지 않을까 생각한다.

불안을 떨치자

유화 53*65 / 2020. 3. 1.

이변이란(예상하지 못한 사태나 변고).

쌀쌀하던 날씨가 어느새 따뜻한 기운이 감돌기 시작한다. 사방에서는 봄꽃들이 피어나고 가지마다 싹을 틔울 준비로 한창 바쁜 모양새다. 자신들은 봄이 되면 꽃을 피우고 잎이 돋아나는 것이 자연스러운 일이라 별로 놀랄 일은 아니라고 생각하고 있는 것 같다. 봄이 되면 싹이 나고 여름이면 풍성하게 자라 가을이면 열매 맺고 겨울이면 잎이 떨어지는 현상이 아무도 이상하다고 생각하지 않는다.

인간도 세상에 태어나서 어린이가 되고 청년이 되고 어른이 되고 노인이 되어 늙어서 죽는 것이 당연하다고 생각한다. 이상하지 않다는 것이나 당연하다는 것은 우리가 이미 경험으로 알고 있어 특별하지 않다고 생각하기 때문이다. 크게 보면 맞는다고 할 수 있으나 작게 보면 맞는다고만 할 수가 없는 일이다. 식물에 사용하는 무수히 많은 농약이 있고, 인간에게 사용되는 수십만 종의 약제들이 작은 사건들을 해결하기 위해 만들어지고 있는 현실이 그를 잘 증명해 주고 있기 때문이다. 그냥 지나가는 하나의 과정이라고 생각한다면 그렇게 애를 쓸 이유가 없지 않은가? 작은 시간 속에 작은 사건들이 모여 하나의 형상을 만들듯이 눈에 드러나 하나의 태산을 만드는 데는 헤아릴 수없이 많은 사연이 깃들어 있는 것이다.

저마다 겪는 삶의 맛은 자신 이외에 누구도 알 수가 없다. 누군가가 안다고 한다면 그것은 자신의 삶을 회상하는 하나의 방편에 불과한 일인지도 모른다. 살다가 불편한 점이 생기면 고치고 고치고 하면서 지금까지 살아왔다. 인간은 본래 아는 것이 없다. 안다고 하는 것은 다만 추상적인 생각일 뿐이다. 그래서 재해가 발생하면 손쓸 방법도 없이 용만 쓰다 마는 것이다. 그것이 인간이 갖고 있는 능력의 한계다. 누군가가 그렇지 않다고 선동하고 있다면 틀림없는 사기꾼이다.

얼마 전만 해도 중국에서 발생한 새로운 독감 코로나 때문에 중국이 난리였을 때 남의 일 같았는데 지금 와서는 우리나라에 환자가 급증하는 관계로 비상 상황이 되었다. 매년 봄철이 되면 독감이 발생한다. 독감 발생으로 건강하지 못한 사람은 죽기도 하지만 대단한 뉴스가 되지는 않는다. 독감백신을 맞았다고 독감에 걸리지 않는 것은 아니다. 맞은 백신과 감기바이러스가 일치하지 않으면 얼마든지 독감에 걸릴 수가 있는 일이다.

대통령까지 나서서 신종 코로나 확산 방지를 위해 애쓰고 있는데, 진정 그들이 할 수 있는 일이 있는가? 신천지를 믿는 자는 신종 코로나에 걸리지 않는다고 말하는 신천지 교회나, 바깥 출입할 때 반드시 마스크를 써야 한다고 하는데 막상 마스크를 구입할 수가 없다면 어떻게 해야 좋은가? 하나는 거짓말을 하고 있고, 다른 하나는 참말 같은 거짓말을 하는 꼴이다. 위에서 보이지 않는다고 자기 편리한 대로 아무 말이나 해도 문제 될 것이 없다고 생각하는 것 같다. 보잘것없는 한 사람 한 사람이 모여 수십만의 신도를 갖는 대형 교회를 만들었고, 한 사람 한 사람이 모여 나라는 대통령을 만들었는데 그 한 사람 한 사람이 보이지 않는다면 큰일이다.

변화가 없으면 발전하지 않는다. 변화야말로 진보할 좋은 기회다. 이번 기회가 그런 기회가 아닌가 싶다. 세상을 자기가 살고 싶은 대로 살고 싶지만 마음대로 잘 되지 않는다. 하나는 환경이 그렇게 만들고, 다른 하나는 자신이 그렇게 만든다. 어쩔 수가 없어서 그런 것이라면 이해가 되지만 그렇지 않은 경우도 의외로 많은 것 같다.

종교라는 것은 마음의 평화를 얻기 위한 것이지 교주의 하수인이 되기 위한 것이 아니다. 북한에서는 외화벌이로 해외에 나가 일을 하고 버는 돈의 대부분을 나라에 바쳐야 한단다. 교회에 헌금하고 봉사활동하고 재능 기부하면서 어렵게 전도하여 교세가 커지면 본인에게 돌아오는 것은 무엇인가? 본인이 들인 노력의 대가가 돌아오지 않는 곳에 에너지를 쓰는 것은 모자라는 사람이다. 결국에는 자신에게도 부끄럽고 가족에게도 부끄러운 일이 될 것이다. 높은 놈은 자기가 살고 싶은 대로 살면서 낮은 사람에게는 그렇게 살지 말라고 한다면 정상인이라고 볼 수가 없다.

어디에서도 인정받지 못하고 힘들어하는 사람이 유혹당하기 좋은 상대다. 국내의 신종 코로나의 진원지가 신천지 교회라고 하지만 정확한 경로는 알 수가 없다. 다만 감염자가 많다는 이유일 뿐이다. 문제가 생기면 책임을 지려고 하는 사람과 책임을 누군가에게 전가시키려고 하는 사람이 있다. 결국에는 힘이 없는 자가 덮어쓸 확률이 높다. 진실과 거짓의 논리가 아니라 힘의 논리다. 힘이 있는 나라는 힘이 없는 나라에, 권력이 있는 자는 권력이 없는 자에게 덮어씌우고 싶어 한다. 객관적인 입장에서 보면 둘 다 나쁘다고 할 수 있지만 당사자 입장에서 보면 정당한지도 모른다. 사기를 치는 사람과 사기를 당하는 사람이 만난다는 것은 당연한 일이 아닌가?

2002년 발생한 사스(SARS), 2015년에 발생한 메르스는 벌써 까마득히 잊힌 지가 오래다. 지금 겪고 있는 불안한 상황도 결국에는 끝날 것이며 잊힐 것이다. 모든 것은 인간이 자초한 일인지도 모른다. 지나친 것은 자연의 순리에 역행하는 일이다. 아무리 물질적으로 풍족하다 하더라도 영혼이 편하지 않으면 행복할 수가 없다. 성지순례를 하는 일이나 신앙을 갖고자 하는 것은 영혼의 안식을 찾기 위한 나름의 몸부림이다. 그런 과정 중에 때로는 오해할 수 있는 불미스러운 일이 일어날 수도 있는 것이다. 세상이 점점 더 촘촘하게 엮이다 보니 남의 일도 내 일이 되어가고 있다. 좀 더 잘살겠다고, 좀 더 행복하겠다고, 좀 더 잘 먹겠다고 너나 할 것 없이 욕심을 부리다 보니 정상이 아닌 것이 정상이 되어가고 있다. 무슨 일이든 과하면 누군가가 브레이크를 걸어 신호를 보내준다. 그 신호를 지키지 않으면 좀 더 빨리 인간이 존재하지 않던 태초의 모습으로 돌아갈 수도 있다.

　뉴스를 보고 있는 온 국민은 모두가 불안하다. 누군가가 위험하다고 야외 활동을 자제하라고 하니 그렇게 믿고 있다. 바깥에서의 모든 행동이 부자연스럽다. 세상에서 최고라고 으스대던 인간이 자기들을 엄청나게 무서워한다고 저희끼리 비웃고 있는 것 같다. 그러고 보면 무서워하지 않는 것이 없는 존재다. 바람도 무서워하고, 물도 무서워하고, 불도 무서워하고, 세균도 무서워하고, 바이러스도 무서워하고 있다. 생각해 보니 무서워하지 않는 것이 없는 참으로 미약한 존재이며 우물 안의 허풍쟁이다. 불리하면 약한 척하다가 유리하다 싶으면 잘난 척하고 싶은 게 만물의 자연스러운 현상이다. 만질 때마다 고놈이 있는 것은 아닌지 의심이 들고, 조금이라도 기침만 나면 그놈 때문이 아닌가 불안하다. 조심하라고 하는데 보이지도 않는 것을 어떻게 조심하란 말인가?
　센 놈이 스치고 지나가면 힘없는 놈은 상처를 입을 수밖에 없다. 재수가 좋아 무사히 지나가길 바랄 뿐이다. 이 불안이 지나간다고 끝나는 것이 아니고 다음 불안이 또 우리를 기다리고 있다. 누구도 알 수가 없는 일이다. 그런 속에서 살아가는 것이 인간의 숙명이다. 쌓아 놓은 공든 탑이 무너질까 봐 유난을 떨고 있지만 아무 소용이 없다. 힘 있는 자의 분이 풀릴 때까지 받아주어야 한다. 이유는 달리 방법이 없기 때문이다.

속박과 자유

유화 53*65 / 2020. 3. 15.

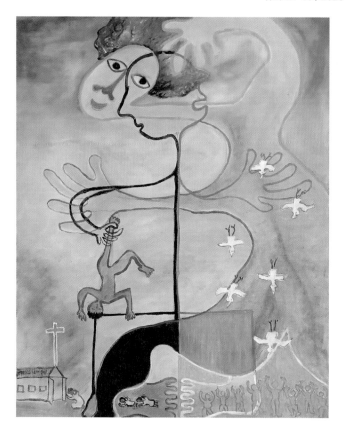

성공하는 데 법칙이 있는가?

코로나19 대확산으로 외출이나 모임이 줄어들고 각종 행사가 줄줄이 취소되고 있다. 해외여행이 억제되면서 원활한 경제활동에 제약을 받게 되니 그 충격으로 주식시장이 폭락장세(코스피가 2250에서 1450)가 되고 말았다. 지금으로서는 언제쯤 끝날지 아무도 모른다. 외출할 때

마스크 하고 손 열심히 씻으라고 하니 그렇게 하는 시늉하는 것 말고 할 수 있는 게 없다. 시늉이라는 것은 알고 있는 지식과 일치하지 않는 일을 하고 있기 때문이다. 처음에는 마스크를 매일 바꿔 써야 한다고 했다가, 다음에는 3일을 사용해도 괜찮다고 했다가 1주일까지는 문제가 없다고 했다가 보름, 한 달째에 따라서는 세탁해서 써도 된다는 식으로 이야기하고 있다. 1,500원짜리 마스크 하나도 제대로 계산해서 국민께 주지 못하고 갈팡질팡하면서, 자기들이 잘났다고 뽐내기만 하고 싶어하고, 한편에서는 싸움질만 하는 것을 보면 한심스럽다는 생각마저 든다. 없는 것만도 못하다는 말이 잘 어울리겠다 싶다.

누구나 좋은 것을 보면 부러워한다. 가지고 싶어 하고, 되고 싶어 하는 마음이 생기고, 능력이 안 되면 대리만족이라도 하고 싶은 게 인간의 심리다. 살아가는 데 경쟁이 점점 심해지다 보니 성공하기도 더욱 힘들어지고 있다. 모두가 성공하고 싶은 강박증 환자가 되어가는 중이다. 성공한 과학자가 되고 싶기도 하고, 성공한 철학자가 되고 싶기도 하고, 성공한 예술가가 되고 싶기도 하고, 성공한 의사가 되고 싶기도 하고, 성공한 재력가가 되고 싶기도 하고, 성공한 권력자가 되고 싶기도 하다.

맛있는 과일의 열매만 보고 부러워하다 보면 누구나 그렇게 될 수 있겠다고 착각하게 된다. 착각하고 나면 보는 대로 따라 하느라 애를 쓰게 되고, 그래서 성공한 사람의 사례를 입맛에 맞게 모방하여 그들에게 장사를 하기도 한다. 이들은 성공이 무엇인지도 잘 모르는 사람에게 성공의 법칙이 있다고 선전하고 다닌다. 성공에 관한 책만도 셀 수 없이 많지만 책만 읽고 성공할 수 있다면 얼마나 좋겠는가! 기껏해야 성공한 사람의 이야기를 참고로 그렇게 하면 성공할 수 있다는 이야기가 전부다. 어떻게가 그렇게라는 밑도 끝도 없는 이야기를 하는 것이다.

다음은 심리학자 필립 C. 맥그로(Phillip C. McGraw)의 인생 법칙이다.*
1. 인간의 본성을 연구하면 경쟁우위를 갖춘다.
2. 한 사람에게 일어나는 모든 일은 그 사람이 만든 것이다.
3. 사람은 보상이 따르는 행동만을 한다.
4. 인정하지 않으면 변화할 수 없다.
5. 결심을 했으면 즉시 실행한다.
6. 세상을 바라보는 관점은 선택 가능하다.
7. 인생은 단번에 해결하는 것이 아니라 꾸준히 관리하는 것이다.
8. 내 행동이 나에 대한 타인의 반응을 결정한다.
9. 상대방을 용서하면 내가 회복한다.
10. 구체적으로 원해야만 얻을 수 있다.
이 법칙을 알면 인생에 성공할 수 있다고 한다.

그리고 《결국 당신은 이길 것이다》(흐름출판, 2013)에서 나폴레온 힐 (Napoleon Hill)이 말하는 성공 공식은 {(열정 + 재능) × 협력자 × 행동} + 신념 = 개인별 성공 공식이다.

같은 성경책을 읽고도 해석이 다 다르다. 해석이 같다고 하더라도 행동이 일치하지 않으면 이 또한 같다고 할 수 없다. 그래서 이단이니 사이비니 한 말이 생기는 것이다. 두 사람의 생각을 인용한 것은 보는

* 《인생은 수리가 됩니다》(청림출판, 2018) 참고

사람 누군가에게는 도움이 되겠다는 생각이 들기 때문이다. 맛있는 음식을 만들 줄 알면 유명한 요리장이 될 수 있고, 노래를 잘 부르면 훌륭한 가수가 될 수 있고, 공부를 잘하면 훌륭한 과학자가 될 수 있고, 열심히 살면 부자가 될 수 있다고 한다. '어떻게'가 너무 추상적이라 해석하는 사람마다 다 다르다 보니 마치 성경책 보는 것 같다. 어떻게든 생각해야 하는 문학이 아니라 실행해야 하는 현실이다. 아무리 좋은 생각이라도 실행하는 데 문제가 있다면 절대 성공할 수가 없다.

보이는 것만으로 세상을 판단하는 것은 잘못된 것이다. 보이는 것은 본래 보이지 않는 것에서부터 생겨난 것이다. 그래서 세상을 바라보는 눈이 보이지 않는 것을 보려고 노력하는 것이 중요하다. 그래야 좀 더 자세히 볼 수가 있기 때문이다. 자세히 봐야 좀 더 정확하게 판단할 수가 있다. 성공을 원하면서 눈에 보이는 것만 바라보고 있으면 망상으로 끝날 가능성이 높다.

먼저, 천년이라는 시간이 필요하다. 둘째 온도, 습도, 햇빛, 토양, 공기, 영양분과 같은 환경이 있어야 한다. 모든 조건이 동일하다 하여도 결과는 동일하지 않다는 것을 이해하고 있는가? 왜 내 자식은 뒷바라지도 잘해주었는데, 나이도 같은 옆집 자식처럼 성공하지 못했을까? 왜 내가 생산한 과일이 관리도 잘해주었는데 수령이 같은 다른 집 과일보다 못할까? 왜 내가 같은 재료로 열심히 음식을 만들었는데 동갑내기 친구가 만든 음식만큼 맛이 없을까? 왜 내가 하는 노래는 같이 시작한 저 친구보다 인기가 없을까? 왜 내가 공부를 더 잘했는데 저 친구만큼 성공하지 못했을까? 이런 고민을 하는 이유는 거꾸로 생각하고 있기 때문이 아닌가 생각한다.

환경이라는 것은 모두에게 똑같을 수도 없지만 똑같다고 좋은 일만은 아니다. 저마다 필요로 하는 환경이 다르고, 필요로 하는 환경을 제공해 줄 때 최대로 능력을 발휘할 수가 있는 것이다. 주인은 그것을 아는 것이 중요하다. 자신을 돌이켜 보면 이유를 잘 알 것 같으면서도 잘 알 수가 없다. 자신도 자신을 잘 모르기 때문이다. 자신도 자신을 잘 모르는데 다른 사람을 어떻게 알 수 있다고 말할 수가 있겠는가? 열심히 살면 잘살 수 있다고 한다. 모든 사람에게 당신 열심히 살고 있느냐고 물으면 대부분이 열심히 산다고 말할 것이다. 그러면 성공했느냐고 물으면 대부분이 그렇지 못하다고 대답하지 않을까 생각한다.

열심히 산다고 부자 되는 것이 아니고, 열심히 공부한다고 다 1등 하는 것이 아니라는 것을 모르는 사람은 없다. 만약 열심히 산다고 다 부자 되고, 열심히 공부한다고 다 1등 한다면 좋은 일 같지만, 좋은 일이 아닐 수도 있다. 이기적인 인간의 마음으로 이해할 수 없는 일이지만 아마도 우주의 섭리가 아닌가 생각한다. 인도에는 계급제도가 있어 타고난 계급을 숙명으로 받아들이고 있다. 무의식 속에 인생의 경계를 만들어 다른 세상 보기를 일찍이 포기하게 되면 더 이상 다른 세상은 내 세상이 아니라고 단정하게 된다. 천민 계급 중에서도 머리가 좋고 똑똑한 사람이 많이 있을 것이나 무의식 속에 드리운 그물 때문에 헤어날 수가 없다.

어느 분야에서든 성공할 수 있는 길은 있다. 주어진 DNA(유전자)로 최대한의 능력을 발휘할 수 있다면 성공할 수 있다. 똑같이 씨를 뿌리고 퇴비를 주고 약을 치고 관리를 해 수확을 해보면 가지마다 생산량이 다르지만, 한 가지만 놓고 보면 성공이다. 성공의 법칙이 있어 가지마다 생산량이 같다면 법칙이 될 수 있지만, 그렇지 않다면 법칙이라는 것은 애초에 없는 것이다.

세상에는 돈만 있으면 안 되는 것이 없다고 생각할 정도로 너나 할 것 없이 돈을 무척이나 좋아한다. 그 심리를 이용해 돈 버는 방법에 관한 책도 셀 수 없이 많다. 돈 버는 책을 쓰는 사람이나 그 책을 읽는 사람이 정말로 그렇게 돈을 벌 수가 있다면 얼마나 좋겠는가!

삼성 이병철 회장 어록에 성공의 세 가지 요체에 첫째 운을 잘 타야 한다. 둘째 운이 다가오기를 기다리는 둔함이 있어야 하고, 셋째 운이 트일 때까지 버티는 끈기와 근성이 필요하다고 한다. 아주 추상적이다. 하지만 이병철 회장만의 성공 법칙이다.

저마다 인생의 목표가 있을 것 같지만, 막상 물어보면 즉시 답할 사람이 얼마나 될까? 목표가 없는 것보다는 있는 것이 좋은데 생각만 하고 있는 목표는 목표가 없는 것이나 다르지 않다. 나만의 성공 법칙을 만들기 위해 첫째 내가 어떤 재능이 있는지 아는 것이다. 둘째 재능을 발휘할 수 있는 환경이 갖추어져야 한다. 셋째 꾸준히 밀고 나갈 수 있는 의지가 있어야 한다. 만약 이렇게만 한다면 최고는 아니어도 나름대로 성공했다 할 수 있을 정도의 목표를 이룰 것이다.

남 따라 살지 말고 내 방식대로 사는 습관이 나만의 성공 법칙을 만들 수 있다. 이미 습관이 되어 내 방식이 없는 사람은 남의 재능을 무시하기 쉽다. 책을 읽고, 여행하고, 체험하면서 자신의 재능을 찾는 일이 중요하다. 자신이 되었든 자식이 되었든 제자가 되었든 그것이 그만의 성공 법칙을 만드는 기본이기 때문이다. 아무리 뛰어난 유전능력을 가진 씨앗이라도 가시덤불이나 햇볕이 쨍쨍 내리쬐는 사막이라면 아무 소용이 없다. 주어진 환경을 그대로 받아들일 것인지 말 것인지는 그들의 선택에 달려있다. 모든 것이 내 뜻대로가 아니고 하느님 뜻대로라면 그것은 그 사람의 운명이라 보는 것이 좋을 것이다.

지금 우리는 먹고살 만하다고 누군가에게 좋은 환경을 만들어 주겠다고 좋은 재능이 자라는 데 장애물을 만들고 있는지도 모른다. 장애물을 만들어 주고 있으면서 그 인생이 성공하기를 바라고 있다면 도리가 아니다. 생각 없이 남 따라 살면 쉽기는 하지만 생각하는 사람이 목표에 도달할 때 내 목표는 온데간데없고 방황만 하게 된다. 자기 생각을 갖고 지혜롭게 강한 의지로 살 수 있는 인생이라면 틀림없이 그만의 성공 법칙을 만들 수 있다고 생각한다. 만인에게 적용되는 인생의 성공 법칙이란 본래가 없는 것이다.

두려움과 욕망

유화 53*65 / 2020. 3. 22.

흔들리는 영혼은 어떻게 달래야 하나?

광산에서 채굴된 철광석은 제철소의 용광로를 통해 철이 된다. 생산된 철은 용도에 따라 못도 되고, 나사도 되고, 철사도 되고, 강판도 되고, 철근도 된다. 이렇게 만들어진 재료는 그 자체로는 아무 의미가 없지만 용도에 따라 그 가치는 천차만별이라고 할 수 있다. 못을 벽에 박으면 벽걸이가 되고, 송판에 못을 박으면 책상이 되고 이렇게 집도 지을 수 있고, 빌딩도 지을 수 있고, 총도 만들 수 있고, 탱크도 만들 수 있고, 비행기도 만들 수 있고, 배도 만들 수 있고, 자동차 · 컴퓨터 · 로봇 · 인공위성도 만들 수 있다. 인간이 제멋대로 녹이고 두드리고 때리고 버려도 다 받아들인다. 그래 봐야 결국에는 아무 소용이 없다는 것을 이미 알고 있다는 것을 인간만 알지 못하고 있다.

인간은 세상에 태어나서 제멋대로 살다가 재수가 없으면 좀 일찍 죽고 재수가 있으면 좀 늦게 죽는다. 사는 것을 내 마음대로 할 수 있다고 생각하지만 실은 내 마음대로 할 수 있는 게 아니다. 내 마음대로 할 수 없는 것을 내 마음대로 할 수 있다고 철석같이 믿고 있다가 죽을 때가 되어서야 그 사실을 알게 된다. 죽기 전까지 내 마음대로 할 수 있다는 믿음 때문에 미워하고 질투하고 사랑하고 봉사하는 변덕스러운 마음을 맞추며 살아가려고 애를 쓰는 것이다.

변덕스러운 마음은 어디에서부터 생겨난 것일까? 물질적 원형에서 정신적 원형으로 가는 에너지의 변화 과정 때문이 아닌가 생각한다. 물질적 에너지가 환경적 에너지와 만나 자연의 섭리에 동조하는데 어쩔 수 없이 일어나는 에너지다. 즉 정신적 에너지다. 둘이 있는 시간이 조화롭지 못하다고 생각되면 어쩔 줄 몰라 한다. 이유는 조상 대대로 물려받은 유전자가 문제일 수도 있고 아니면 유전능력을 발휘하는 데 장애가 되는 환경이 문제일 수 있다. 이를 가장 합리적으로 조화시키려고 애쓰는 것이 정신작용인 마음이다.

시기하고, 모함하고, 속이고 하는 것은 본능에 충실히 하려고 애쓰는 자연스러운 현상이다. 지금도 어디에선가 도둑질하고, 강간하고,

살인하고, 폭행하고, 전쟁이 일어나고 있다. 이런 현상은 어제오늘 일어나는 일이 아니고 옛날부터 있었던 일이다. 어떤 것은 순환 쪽으로, 어떤 것은 악한 쪽으로 계속 진화하고 있다. 진화의 원리가 인간에게 유리하기보다는 우주의 섭리에 유리하도록 흘러가지 않을까 생각한다. 이기적인 인간은 그럴 리 없다고 계속 우길 것이다. 우기면 우길수록 그렇지 않다는 것을 보게 될 확률이 높아진다는 것을 아는 지혜가 필요하다.

인육을 먹고, 사람 목숨을 도살된 가축을 자르듯이 각을 내고, 도움이 되지 않는다고 부모를 버리고, 자식을 내팽개치는 일은 왜 일어나는 것일까? 이런 일은 역사적으로 보면 꾸준히 이어져 오고 있다. 완전히 없애고 싶지만, 없어질 수 없는 이유가 있는 모양이다. 생존을 위해 보복심리가 작용했거나, 경쟁상대를 없애기 위한 영웅심리가 작용했거나, 욕망을 채우는 데 장애를 없애고 싶은 심리나 정신적으로 착란 증상이란 것들이 있어 일어나는 일이다. 완전히 없앤다는 것은 불가능한 일이다. 다른 부족이 침입하여 가족을 죽이고 형제들을 죽인다면 똑같이 상대를 처참하게 죽이고 보복하고 싶은 마음이 생기는 것은 당연하다.

전쟁으로 무수한 생명이 죽어가고, 권력 유지를 위해 죄 없는 생명이 죽어가고, 조직의 생존을 위해 무수한 생명이 희생되고, 미친놈의 환상 때문에 죄 없는 사람을 죽이고, 안전사고, 위험사고, 자연재해 때문에 생명이 죽어가고 있다. 다 사람이 죽는 일이다. 어떤 죽음은 좋은 죽음이고 어떤 죽음은 나쁜 죽음이라고 평가한다. 평가 기준이 일인칭, 이인칭, 삼인칭 중 어디인가에 따라 달라지며 문화적 배경이 배심원이 되어 판단이 이루어진다. 하나는 죄인이라는 실에 매달려 죽고, 하나는 영웅이라는 실에 매달려 죽고, 하나는 재수 없는 실에 매달려 죽고, 하나는 수명이 다한 실에 매달려 죽게 된다. 죽을 때 마음은 어떨까? 억울하거나 아니면 당연하거나 둘 중의 하나가 되어 불안, 두려움, 원망, 아쉬움, 감사하는 어느 하나의 마음을 먹지 않을까 생각된다.

수많은 군중이 모여 만든 집단 체조, 수많은 신자가 모여 예배 시간에 하는 집단 무용, 하느님과 대화한다고 하는 성령 기도는 겉으로 보기에는 대단한 일 같지만, 아무 의미도 없는 유희에 불과한 일이 아닐까?
북한에서 관광상품으로 자랑하는 집단 체조는 누구를 위한 것인가? 수개월 동안 연습한다고 힘없는 백성을 강제로 동원하여 몸과 마음을 힘들게 하고 있다. 누구에게는 국민의 단결하는 모습이 자랑스럽고 관광 수입이 기대되지만, 참가하는 국민 한 사람 한 사람에게는 자유와 권리가 박탈당하는 일이다.
많은 교회에서는 복음을 전한다고 단체복을 입고 집단 무용을 하며 예배를 드린다고 열심이다. 무용한다고 들이는 시간, 전도한다고 들이는 시간, 기도한다고 들이는 시간, 자신은 목사도 아니면서 자기 일은 내팽개치고 죄인을 자인하면서 맹종한다고 열심이다. 어쩔 수 없이 해야 하는 곳에서의 복종 당하는 삶과 나 스스로 선택하여 복종하는 삶은 같다고 할 수는 없다. 그러면 복종 당하는 삶에는 행복하다는 마음이 없을까? 복종하는 삶에는 불행한 마음이 없을까? 주어진 환경을 어떻게 받아들이느냐에 따라 행복할 수도, 불행할 수도 있을 것이다.

제일 무서운 아이들은 사춘기 때 아이들, 제일 무서운 어른들은 갱년기 때 어른이란다. 영혼이 흔들리는 시기다. 영혼이라는 것은 본인이 잡아주든지 아니면 누군가가 잡아주어야 흔들리지 않는다. 흔들리는 영혼은 자기도 자기 마음대로 조절이 잘 되지 않는다. 시도 때도 없이 자아의 조절을 받지 않고 본능적인 감정이 불쑥불쑥 튀어나오기 때문이다.

잡을 방법은 식욕과 성욕을 위해 유전력과 환경이 잘 어울릴 수 있도록 열심히 노력하는 것이다. 그렇지 않으면 누군가가 해주기를 바라고 찾아 나서지만 이용당하기 딱 좋은 곳에 붙어 영혼을 불태우게 된다. 주로 남 탓을 잘하는 기질이나 영혼에 치명적인 자극을 경험한 경우에 훨씬 흔들리기 좋은 조건이 될 수 있다. 어떻게 보면 유전적이나 환경적 요인이라 본인의 탓이 하나도 없다고 할 수도 있다. 그렇게 믿고 싶다면 숙명으로 받아들여야 한다.

사고를 치는 것은 유전력과 환경의 불일치를 조절하는 능력이 떨어지기 때문이다. 조절 능력이 떨어질 때 자극이 가해지면 본능적인 행동이 그렇게 하는 것이다. 별로 죄책감도 느끼지 않는다. 순탄하게 살아가기 위해서는 환경에 잘 적응하는 것이 중요하다. 그렇지 않으면 본의 아니게 힘든 일을 경험하게 될 확률이 높다. 잘 살려면 내 마음을 잘 챙겨야 한다. 그렇지 않으면 늑대 같은 도둑놈이 될 수도 있고, 여우 같은 사기꾼이 될 수도 있고, 악어 같은 살인자가 될 수도 있고, 몸 주고 마음 주는 노예가 될 수도 있다.

인간은 같은 것을 반복해서 경험하다 보면 자연스럽게 습관이 들어버린다. 그렇게 들인 습관은 의심하지 않게 되면서 자연스럽게 행동으로 옮긴다. 성취감과 만족감을 느끼게 되면 점점 깊이 빠져들게 되고, 이렇게 되면 모든 것이 꼬일 대로 꼬여 본래대로 돌아가기는 쉽지 않다. 큰 사고를 치거나 가정파탄이 나거나 자신이 완전히 망가져야 끝을 볼 수 있다.

영혼은 자신이 돌보고 다스려야 한다. 영혼은 사건 해결에 심취해 자신을 망각하도록 내버려 둬서는 안 된다. 영혼이 작용할 때 반드시 자아의 검문을 받도록 하여야 한다. 말로는 쉽지만, 현실적으로 어려울 수 있다. 본인도 온전할 때 생각하면 옳지 않다는 것을 알지만 이미 그런 인간이 만들어져 있어 어쩔 수 없는 일이라면 방법이 없다. 재수가 좋아 아무 탈 없기만을 바랄 뿐이다. 그것이 가능한지는 누구도 알 수가 없다.

철광석이야 제가 모양이 변해 편리한 도구를 만드는 데 일조하든지 인간에게 위협을 가하는 무기 제조의 부속품이 되어 인간을 죽이는 기관총이 되든지 알 바가 아니고, 어쩔 수 없는 환경에서 영혼의 가치를 따질 수 없는 위치라면 이 또한 어쩔 수 없는 일이다. 주어진 환경에서 내가 선택하여 내가 결정한 일이 나에게 도움이 되지 않는 곳이라면 그곳에 내 영혼을 머무르게 하는 것은 바람직하지 않다.

종교에 심취해 가정을 소홀히 하고, 도박이나 알코올중독이 되어 폐인이 되고, 강간 강도 살인을 하여 범죄자가 되지 않도록 자신의 영혼을 스스로 잘 섬겨야 할 때가 아닌가 생각한다. 특히 자신이 하는 행동이 나쁜 일을 하는 조직의 일원이 되어 아무 생각 없이 영혼을 팔아먹는 것은 좋지 않다. 무리의 힘이 세다 보면 개인의 인권은 무리의 힘으로 희생되기에 십상이다. 공자가 말하기를 "군자는 두루 사귀나 당파를 만들지 않고, 소인은 당파를 만드나 두루 사귀지 않는다"고 한다. 당이란 패거리 집단으로 패거리 집단에 소속된 사람들은 그 집단의 비밀 규칙에 복종해야 하고, 집단의 이익을 모든 것보다 높은 곳에 두고, 단체의 집단 의지는 개인의 자유의지를 대신하는데, 이는 개인의 영혼을 대신하는 것이라고 류짜이푸(劉再復, 1941년생, 인문학자)는 말하고 있다.

프로이트가 생각하는 인간의 본성

유화 53*65 / 2020. 2. 9.

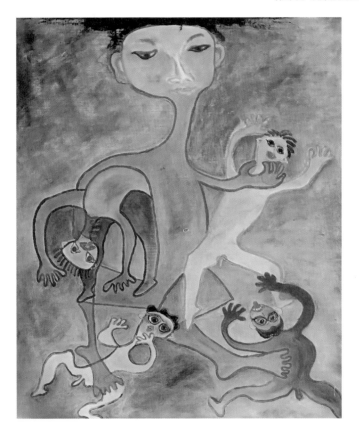

프로이트는 '나'를 본능, 자아, 초자아로 구분하는데, 첫째 욕망의 나인 본능은 배고픔, 성욕 같은 원시적인 욕망이고, 둘째 현실의 나인 자아는 사회에서 요구하는 현실 원칙주의자이고, 셋째 도덕의 나인 초자아는 이상적인 자아이며 도덕적 원칙주의자로 구분하고 있다.

인간은 행복해지기 위해 남을 괴롭히는 본성과 남에게 괴롭힘을 당하고 싶은 본성이 있다고 한다. 남을 괴롭히는 심리도 이해가 잘 안 되는데, 괴롭힘을 당하고 싶은 심리가 있다는 것은 더욱 이해되지 않는다. 아마도 있지 않을까 하는 정도로 이해하고 싶다.

행동을 해야 이루어진다

유화 53*65 / 2020. 2. 16.

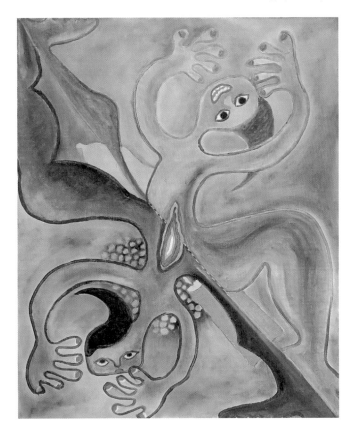

하느님은 말씀으로 세상을 창조하였다고 하지만, 말로 세상을 창조
할 수는 없다. 오직 어떠한 형태로든 행동하지 않으면 이루어지지 않
는다. 자연이든지 인간이든지 모두가 그렇다.

아이를 갖고 싶은 욕망이 있고, 아무리 좋은 계획이 있어도 육체적인 결합이라는 행동이 있어야 가능한 일이다. 공부를 잘하고 싶은 생각이 있고, 공부하기에 아무리 좋은 여건이 되어도 본인이 열심히 공부하지 않으면 아무 소용이 없다. 생각이 너무 많아 실행하지 않는 것도 문제고, 아무 생각 없이 행동만 하는 것도 문제다. 생각이 많거나 말이 많은 사람은 실행력이 떨어지기 쉽고, 실행력이 높은 사람은 본능적으로 살아가기 쉽다. 생각하고 표현하고 실행해야 원하는 것을 만들 수 있다는 것을 명심해야 한다.

인간의 능력은 보잘것없다

유화 50*60 /2020. 2. 23.

우주의 구성 물질 중 95%(암흑에너지 68.3%, 암흑물질 26.8%)는 여전히 알 수가 없으며, 아는 것마저도 과학적 힘을 빌리지 않고는 알 수 있는 것이 별로 없다. 인간은 눈에 보이는 것만으로 세상을 다 알고 있는 것처럼 착각 속에 살아가면서도 별로 불편해하지 않는다.

지금 신종플루 때문에 온 나라가 시끄럽다. 조심하라고 한다. 어떻게 조심해야 할지 모르겠다. 볼 수가 없으니 답답할 따름이다. 너무 작아도 볼 수가 없고, 너무 커도 볼 수가 없는 인간의 능력이 어느 정도인지 이해가 되는가?

여성성

유화 53*65 / 2020. 6. 28.

인간의 능력은 무한한가?

여당 대표인 이해찬 씨가 자기는 정치인이라 정치밖에 모른다고 하는 이야기를 들었다. 나는 정치에 대해서 아는 것이 별로 없다. 그래서 조국 교수가 쓴《조국, 대한민국에 고한다》라는 2011년도 출간된 책을 보았다.

왜 여당에서 그렇게 감싸고 도는지 궁금했기 때문이다. 자신과 이념이 다른 상대를 법리 차원에서 옳고 그름을 조목조목 따지면서 정부, 보수, 진보, 시민 자본, 법률가, 올바른 법치에 관해서 이야기하고 있다. 대체로 보수 여당 대통령은 법치에 반하는 일을 많이 했고, 진보 이념의 대통령은 그렇지 않았다는 이야기가 하고자 하는 줄거리 같다. 잘못된 것만 찾아서 지적하는 모양새니 그 속내를 잘 알지 못하겠다. 당신보다 내가 더 잘할 수 있겠다는 것인지, 아니면 네가 무너져야 내가 당신처럼 권력을 휘두르겠다는 것인지 말이다. 당사자가 아닌 제삼자 입장에서 패싸움에서 누가 이기든 지든 상관없다는 생각이 든다.

약자는 누군가의 도움을 받고 싶은 심정이겠지만 나에게 돌아오는 것이 있는지 없는지 불확실할 때 일어나는 마음이다. 약자가 강자의 약점을 잡아 침소봉대하면 제삼자는 그리 좋아하지 않는다. 직간접적으로 나에게 손해가 올지 모른다는 생각이 들기 때문이다. 조국 교수는 무엇 때문에 대한민국에 고하는지 속내가 궁금하다.

친북 성향의 정치인이 왜 북한 공산주의를 지지하는지 모르겠다. 말도 자유롭게 할 수 없고, 이사도 여행도 자유롭게 다닐 수 없고, 집안이고 집 밖이고 서로서로 감시하는 곳이 정말 좋다는 말인가? 그렇게 좋으면 본인들이 그곳에 살러 가면 되는데 정작 본인이 좋다고 자랑하는 그곳에 가지 않으면서 누구를 위한 외침인지 모르겠다.

나는 TV 프로그램 〈이제 만나러 갑니다〉와 〈모란봉 클럽〉을 좋아한다. 온갖 고난을 무릅쓰고 탈북하여 남한에 정착한 탈북자의 이야기가 새롭기 때문이다. 자본가 계급이 소멸하고 노동자 계급이 주체가 된 무계급 사회조직이라는 공산주의 실체는 과연 어떤지 궁금하기 때문이다. 불안과 공포를 불러일으키는 사회를 이상 국가라고 생각한다면 정신적으로 온전하다고 할 수 없다.

진보정당의 대표였던 이정희 씨는 예쁘고, 머리 좋고, 실력 있는 변호사로 알고 있는데 본인의 자식이 북한 체제에서 산다면 행복할 것으로 생각하는가? 해외에 나가 있던 북한 대사관 중에 자식에게 자유를 누리게 하고 싶어 탈북한 대사는 바보인가? 세월이 지나 지금은 대표가 아니지만 오래전에 국가 행사나 매스컴에 당 대표로 나오는 모습을 보고 이해할 수 없었다. 당 대표 자리가 탐이 나서 그랬는지, 수모를 겪으면 대가가 있어서 그랬는지, 이념 때문에 그랬는지 오랜 시간이 흘렀지만, 대표 시절의 속마음과 지금의 속마음이 어떻게 변했는지 궁금하다.

블로그를 만들어 운영한 지 10년이 넘었다. 그림도 그려 올리고 이따금 글도 써서 올린다. 프로그램 모델이 자주 바뀌다 보니 사용하기가 자꾸 불편해진다는 생각이 든다. 새로 바뀌면 혼자 할 수가 없어 딸에게 부탁해서 새로운 방법을 배우고 있다. 얼마 전 그림을 올리는데 올라가지 않는다고 이야기하니 핸드폰으로 올렸다고 하여, 컴퓨터를 켜고 블로그에 들어가 보니 그림이 올라와 있기에 참으로 신기했다. 내가 그린 그림이 500장이 넘는데 보고 싶을 때 언제든지 컴퓨터를 켜고 볼 수 있다. 어디에 있다가 주인님이 찾으면 나타나는지 궁금하다. 아마도 내 컴퓨터 메모리에 저장되었거나, 아니면 네이버 본체의 메모리에 저장되었다가 부르면 나타나는 것이 아닐까?

의심해 보지만 유무선을 통해 기호가 형상화되는 현상은 너무나 신기하다. 전기, 전자, 통신은 전공이 아니라 정확하게 아는 게 없다. 궁금해서 인터넷이나 책을 찾아보면 이해할 것 같다가도 얼마 지나지 않아 아무 생각도 나지 않는다. 4차산업을 이끌 테마가 전기, 전자, 통신에서 전기차, 인공지능, 로봇 등을 이야기하고 있다. 몸으로 확인해야만 직성이 풀리는데, 인터넷으로 모든 일을 처리하는 세상으로의 변화에 어떻게 적응해야 할지 걱정스럽다.

코로나19 때문에 세계 경제가 흔들리고 있다. 경제는 마이너스 성장을 하고 은행 금리는 0%대로 내려앉고 있다. 당장 먹고살기 힘든 사람은 당장 어떻게 해야 할지 걱정이고, 노후를 준비한다고 은행과 마을금고에 예금한 사람은 낮은 금리 때문에 물가를 감안하면 원금을 까먹는 꼴이 되니 걱정이고, 사업하던 사람은 이동이 끊기고 소비가 줄어 사업이 부진하니 걱정이다. 결국 먹고 살기도, 노후도, 돈 벌기도 어려운 시기가 되었다. 여윳돈이 있는 사람이나 돈을 벌기 위한 사람은 주식 투자나 부동산 투자에 눈을 돌릴 확률이 더욱 높아졌다.

국민은 한 푼이라도 더 벌겠다고 있는 돈 없는 돈 끌어모아서 좋은 주식이나 부동산 사겠다고 야단인데, 정부에서는 거래세다, 소득세다, 양도세다, 보유세다 하여 세금 더 걷으려고 눈을 부릅뜨고 있다. 세상은 자연적인 요인과 인위적인 요인에 의해 변화하고 있다. 인간은 변화에 적응하려고 목숨을 다해 평생을 애쓰다 결국에는 세상을 떠나게 된다.

세상에는 어느 것이라도 일방적으로 좋은 것만은 없다. 종종 무식하거나 욕심 때문에 자기만의 생각으로 세상을 살아가려고 애쓰는 사람이 있다. 잠시는 콧노래를 부르면 만족할지 모르지만 지나치면 결국에는 코피가 터지고 말게 된다. 세상일을 혼자서 다 할 수는 없는 일이다. 그래서 대통령도, 국회의원도, 자치단체장을 뽑는 것이다. 나를 대신하는 사람이 적어도 나에게 손해가 되지 않았으면 하고 바라고 투표를 한다. 이들의 생각에 흠이 생기면 나에게 좋지 않은 일이 직간접적으로 생길 확률도 높아진다고 봐야 한다. 정치밖에 모른다고 모든 것을 정치적으로만 푼다거나, 경제밖에 모른다고 모든 것을 경제 원리로만 풀려 하고, 이념밖에 모르니 모든 것을 이념의 잣대로만 세상을 바라본다면 자기에게 주어진 권한의 50%는 이미 저버린 것이므로 성공할 확률은 그만큼 낮아지는 것이다.

자신이 원하는 사람이 아닌 상대가 원하는 사람이 되는 일은 지혜로워야 한다. 본래는 인간의 인성이 선하였지만 먹고 사는 식욕과 성욕 때문에 악으로 변했다 할 수 있다. 유전자와 환경 탓으로 변화된 본질을 외견상으로 알기가 쉽지 않다. 정치인이나 주식이나 부동산이나 모든 것이 저마다 최고라고 엄지손가락을 치켜세우고 있다. 불안하다. 삶에 있어 행복해지려면 불안과 두려움이 없어야 하는데 사방에 이들이 깔려있다. 우리 국민의 행복지수가 낮은 이유가 아닐까?
정치인이 정치를 좀 잘못해도 이해하고, 기업 하는 사람이 부정한 일을 저질러도 좀 봐주고, 못사는 사람은 자신이 못 사는 것을 남의 탓만 하지 말고, 남이 잘해주기만을 바라고 있으면 있어도 부족한 것만 생각하니 만족할 줄 모르니 불만스럽다. 자신이 아는 것만으로 세상을 보는 눈을 내가 모르는 분야도 상식을 넓히려고 노력하다 보면 상대를 더 이해하게 되지 않을까? 남 탓 잘하는 사람은 자신이 그 위치에서 누구를 탓할 것인가? 찾다가 없으면 결국에 조상 탓을 하지 않을까.

조국 교수 당신은 당신이 욕하는 사람과 똑같은 사람 같다. 말로는 양심을 부르짖는데 마음속에서 딴생각하고 있어 아무도 알 수가 없다.

가로로 놓여 있는 막대를 세로로 세워야 한다고 우기고 있는 꼴인데, 당신을 옹호하는 사람이 당신 편인 것은 조국 교수라는 사람이 적어도 우리에게 손해인 일은 절대 하지 않을 것이라고 깊이 믿고 있기 때문이다.

이정희 대표께서는 세상을 1/2로 보고 있다면 전체를 보는 마음을 갖길 바라고, 그게 아니라면 양심에 손을 얹고 자신이 세상을 바라보는 자세가 바람직한지 곰곰이 생각해 보는 기회를 가져보는 것이 좋겠다. 손발에 길든 작가는 인터넷 세상으로 변해가는 세상에 잘 적응하기 위해서는 컴퓨터 재교육이 필요하겠다. 그렇지 않다면 더 이상 발전하기는 물 건너간다는 것을 알아야 한다.

나라가 좀 잘산다고 쓰는 데만 열중하다 보면 후회하게 된다. 있을 때 아끼고 절약하며 사는 게 도리다. 세상이 메뚜기 뛰듯 한다고 같이 뛰다 보면 헛고생만 하다 지치고 만다. 은행 이자가 낮아도 알뜰히 모아 저금하고, 큰돈 벌겠다고 있는 돈 없는 돈 끌어다가 주식 투자하고, 부동산 투자하면 금방 부자 될 것 같으나 그렇게 될 리 없다. 어디든 1%는 확실하고, 10%는 가능성이 있고, 30%는 본전이고, 59%는 손해다. 내가 어디에 속할지는 아무도 모른다. 안다고 큰소리치는 사람이 있다면 틀림없이 그 사람은 사기꾼이라 봐야 한다.

지금 코로나 때문에 좀 어렵다고, 과거에는 저축하는 것이 애국하는 길이었는데 지금은 많이 소비하는 사람이 애국자라고 대통령이 이야기하고 있다. 믿어야 할까? 믿지 말아야 할까? 둘 중 누군가는 바보가 아니면 거짓말을 하고 있는 것이다.

떠오르는 생각

아크릴 53*65 / 2020. 7. 5.

우리가 아무것도 하지 않을 때 불안하거나 초조해지는 것은 바로 현재가 텅 빈 곳이기 때문이란다. 의식이란 자신이 만들어 놓은 이 공간을 과거에 대한 회상과 미래에 대한 상상으로 메꿔간다. 그리고 무언가를 열심히 해서 이 불안을 메꾼다. 유혹에 취약한 인간의 심리구조는 자기 생각과 일치하는 정보만 받아들이고, 생각하는 수준은 그 사람의 삶의 수준이 된다. 어떤 생각을 하고 있는지를 보면 그 사람을 알 수 있기 때문이다.

텅 빈 냄비 같은 머리일 때 나는 어슬렁어슬렁 걸어 다니는 습관이 있다. 가긴 가야 하는 데 갈 수 없는 상황, 버리긴 버려야 하는데 버릴 수 없는 상황 같다. 방향을 정할 떠오르는 생각을 기다리는 중이다.

꿈, 현실, 이상, 무

유화 53*65 / 2020. 8. 23.

우리의 에너지는 눈을 감으면 육체로 기울어졌다가, 눈을 뜨면 정신과 육체가 균형을 이룬다. 세상의 섭리를 알기 시작하면 에너지는 서서히 정신 쪽으로 기울기 시작하다가 때가 되면 일순간 사라지고 만다. 만약 행복하지 않다면 지금 에너지의 균형이 잘 맞는지 체크해 보면 좋을 것이다. 에너지가 꿈에만 치우쳐 있어도 문제고, 꿈이 없는 현실에만 치우쳐 있어도 문제다. 꿈과 현실이 적절하게 잘 어우러질 때 이상적인 삶이 이루어지는 것이다.

현실에서 잠자는 꿈까지 거리는 얼마나 될까? 현실에서 이상까지 거리는 얼마나 될까?

현실에서 무인 죽음까지의 거리는 얼마나 될까? 잴 방법이 없으니 어쩌나? 인간이 잴 수 있다고 만들어 놓은 도구를 보자.

밀리(10×-3승), 마이크로(10×-6승), 나노(10×-9승), 피코(10×-12승), 펨토(10×-15승), 아토(10×-18승), 젭토(10×-21승), 욕토(10×-24승).

킬로(10×3승), 메가(10×6승), 기가(10×9승), 테라(10×12승), 페타(10×15승), 엑사(10×18승), 제타(10×21승), 요타(10×24승)

고로 우주에 있는 별(10×23승)과 우주의 전체 질량(10×53승kg)도 측정이 가능할까?

꿈 같은 생각 같다.

인간은 연약하다

유화 53*65 / 2020. 8. 31.

　　인간은 연약하기 때문에 불안과 두려움과 늘 함께한다. 내부의 부조화 때문에 생기는 불안과 외부의 부조화 때문에 생기는 두려움은 형태의 보존을 위한 인간의 본능이므로 자연스러운 것이다. 안팎으로 혹시나 상처나 입지 않을까 걱정하는 마음 때문이다. 개미 입장에서 인간을 바라보면 엄청난 힘을 가진 것처럼 보이지만, 자연의 입장에서 보면 소꿉장난 같은 인간의 삶이 하찮기 이루 말할 수가 없는 것이다. 물이 조금만 많거나 적어도, 바람이 조금만 세게 불어도, 불이 조금만 크게 나도, 너무 덥거나 추우면 무서워한다. 자기보다 힘센 놈이 어떻게 할까 봐 무의식적으로 경계하며 살아가고 있기 때문이다.

　도토리 키재기 식의 보잘것없는 자기들끼리만의 생각이라면 위대할 수도 있다. 그러나 우주가 있다는 것을 생각한다면 인간의 능력이라는 것이 얼마나 하찮은지 알게 될 것이다. 더욱 감사하고 더욱 겸손한 마음으로 살아가야 조금이라도 위안을 받을 수 있지 않을까 생각이 된다.

숨겨진 인격

아크릴 53*65 / 2020. 9. 6.

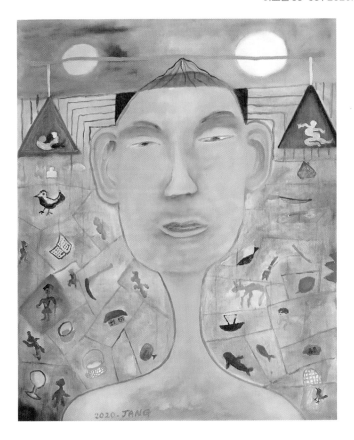

　　인간은 한쪽 끝의 정점에는 악이라는 눈금이 있고, 다른 쪽의 끝에
는 선이라는 눈금이 있다. 단기적인 욕구와 장기적인 욕구에 따라 인
격이란 항상 유동적이다. 그래서 인간의 인격을 정형화하는 것은 잘
못된 것이다. 우리가 의아하게 생각하는 일들은 아마도 우리의 잘못된
상식에 기인한다고 볼 수 있다. 상황에 따라 누구나 무슨 일이라도 할

수 있다는 것을 이해한다면 도저히 일어나지 말아야 할 일은 없다는 것을 알 것이다.

여성 인권 변호사였던 박원순 서울시장의 성추행 사건으로 인한 죽음도 선과 악의 눈금 위에서 단기 욕구와 장기 욕구의 균형이 맞지 않아 일어난 일이다. 균형을 맞추는 기준은 무의식과 의식과 환경에 따라 일어나는 일이라 자신이 잘 모를 수도 있다. 인간의 본능인 식욕과 성욕에서는 단기적인 쾌락이 장기적인 위험을 이기는 때가 많다. 박원순 시장이 장기적인 위험을 감지하고 조심했다면 이번과 같은 일은 일어나지 않았을까 생각한다.

친구

아크릴 50*60 / 2020. 9. 19.

자기와 친한 사람을 친구라고 한다. 친하다는 것은 무엇인가? 서로 서로 잘 알고 있어 경계할 필요가 없는 관계가 아닌가, 그렇지 못하다면 한쪽은 친구라고 생각하고 있는데 한쪽에서는 친구라고 생각하지 않는다.

본인은 상대방의 사정을 속속들이 알고 싶어 하면서도 정작 본인은 본인의 사정을 상대방에게 숨기는 것이 그렇고, 상대방에게 자신의 이익은 취하고 싶어 하면서도, 상대방의 이익에는 무관심한 경우가 또한 그렇다. 옛말에 옳은 친구 한 명만 있으면 성공한 인생이라고 한다.

이 정도의 친구가 되려면 어떻게 해야 할까? 나는 현실적으로 정상인이라면 불가능하다고 생각한다. 자기 자신과도 친하게 지내지 못하면서 남과 따지지 않고 늘 친하게 지낸다는 것이 과연 가능할까? 둘이 하나같기를 바라는 것은 이상이나 망상일 때만 가능한 일이라고 생각하기 때문이다.

친구를 대하는 지혜를 보면 다음과 같은 명언이 있다.
- 어리석은 친구라고 업신여기지 마라. 그런 친구 때문에 내가 현명해진다.
- 친구가 꿀을 가졌다고 친구를 핥지 마라.
- 나를 비판하는 친구는 가까이하고, 칭찬하는 친구는 멀리하라.
- 나쁜 친구는 내 수입에는 신경 쓰고, 내 지출에는 생각지 않는다.
- 아내를 고를 때는 한 단계 낮추고, 친구를 고를 때는 한 단계 높인다.

진화

유화 53*65 / 2020. 9. 27.

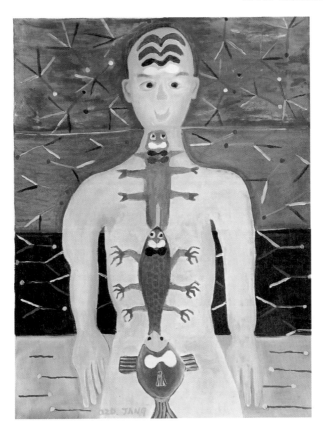

물고기는 척수 차원에서 조건반사에 반응하는 원초적인 생물이다.

파충류는 소뇌 차원에서 반응하여 공격 아니면 도망가는 본능적인
생물이다.

포유류는 변연계 차원에서 감정에 반응하는 감정적인 생물이다.

인간은 대뇌 차원에서 합리적인 반응을 할 수 있는 이성적인 생물이다.

인간은 척수, 소뇌, 변연계, 대뇌를 다 갖고 있어 어떤 행동이라도 다 할 수 있는 생물이다.

우리는 이분법적인 사고를 갖고 살아가는 사람을 파충류 뇌의 소유자라고 평가하고, 감정적으로 살아가는 사람을 짐승 같은 사람이라고 한다.

바라보는 입장에 따라 다르겠지만 객관적인 입장에서, 제삼자 입장에서 자신을 바라본다면 좀 더 이성적으로 살아갈 수 있지 않을까 생각한다.

고정관념에서 탈출

아크릴 53*65 / 2020. 10. 3.

"정해진 믿음 체계에 갇힌 사람은 평생 낡은 세상 한 귀퉁이를 잡으려고 노력하거나, 이미 낡아 빠진 것과 옳고 그름을 다투느라 정력을 소진한다. 하지만 자신으로만 존재하는 개방적 자아는 낡은 것과 싸우는 데 정력을 쓰지 않고 새로운 것을 여는 일에 몰두한다."

- 철학자 최진석, 《탁월한 사유의 시선》(21세기북스, 2018)

딱 떠오르는 것이 정치판이다. 예나 지금이나 저 잘났다고 싸움질 하는 것이 여전하니 말이다. 아이들 밥그릇 싸움하는 모양과 아주 닮아 보인다.

남의 잘못을 침소봉대하여 헐뜯는 일에 선수들이다. 그런 저는 평생 아무 잘못도 안 하고 사는 사람처럼 그러고 있다. 남을 헐뜯는 사람은 훌륭한 사람이 될 수가 없다. 헐뜯는다고 에너지 소비를 다 하면 좋은 세상 만드는 데 드는 힘은 어디서 생기나. 편드는 사람 있다고 좋아하지 마라. 얻을 것이 없으면 결국에 사라지고 없어질 것들이다.

내가 철석같이 믿고 있는 고정관념은 올바른 것인지 사실에 따라서 관찰해 보면 좋겠다는 생각이 든다.

잘못됐다는 것을 안다 하더라도 바꾸기는 쉽지 않겠지만 빠져나오려는 시도라도 해본다면 의미 있는 일이 되지 않을까? 아마도 내가 큰 손해를 볼 수도 있다는 것을 감안해야 가능한 일일 것이다.

공자와 노자의 도

아크릴 53*65 / 2020. 10. 10.

　양심에 따라 변화를 수용하며, 있는 그대로 살아갈 때 도에 이를 수 있다는 노자, 인위적으로 만들어진 고정적인 명분의 '예'를 중시하는 공자. 노자는 세상의 변화를 있는 그대로 받아들이는 것은 자연스러운 현상이며 변하지 않는 것은 없다고 주장하는 진보 성향의 철학자이고, 공자는 인위적으로 만들어진 고정적인 명분을 '예'라는 규범으로 세상을 바라보고 지키고 싶어 하는 보수성향의 철학자이다.

모든 것은 새끼줄처럼 상호 의존관계 속에서 꼬여서 존재하며, 그렇게 하므로 유는 무를 살려주고, 무는 유를 살려주는 관계이기 때문에 존재론적으로 보면 만물은 비본질적이라고 주장하는 노자. 정신이 정신인 이유는 정신 그 자체가 있고, 물질이 물질인 이유는 물질 그 자체에 있기 때문에 만물의 존재는 본질적인 것이라고 주장하는 공자.

　　인간의 성향이라는 것은 어쩔 수가 없는 모양이다. 성향을 엄밀하게 말하면 자기에게 이익이 되게 살아가고 싶은 일종의 이기심이라고 생각한다. 훌륭한 사람이나, 미천한 사람이나 본성은 다르지 않다는 것을 알면 맹목적으로 남을 따르는 일은 하지 않아도 된다.

1차원으로 본 생각

아크릴 53*65 / 2020. 10. 17.

"자신의 직관을 맹목적으로 믿지 말라. 모든 사람이 말하는
것을 믿지 말라. 선조들이 축적해 온 지식을 믿지 말라.
만일 우리가 본질적인 것을 이미 알고 있다고 생각한다면,
본질적인 것은 책에 이미 쓰여 있고 어르신들의 가르침 속에
이미 들어 있다고 생각한다면, 우리는 아무것도 배우지 못한

다. 자신들의 믿음에 확신을 가지는 순간 모든 것은 정체되고 만다. 아인슈타인과 뉴턴과 코페르니쿠스가 선조들의 지식을 맹목적으로 믿었다면 그것에 의문을 제기하지 않았을 것이다."

– 카를로 로벨리, 《보이는 세상은 실재가 아니다》

(쌤앤파커스, 2018)

지금까지 습득된 지식을 한 차원 높은 곳에서 바라보면 처음과 달리 보일 것이다. 이유는 살아오면서 세상을 바라보는 눈이 높아졌기 때문이다. 여전히 그렇지 않다면 너무 게으르게 사는 게 아닌지 돌아볼 필요가 있다. 세상을 이해하는 능력은 사람마다 다 다르다. 1차원으로 세상을 바라본다면 제대로 세상을 이해하지 못할 것이다. 1차원으로 세상을 바라보면서 세상이 내 마음에 들지 않는다고 아무리 불평해도 바뀌는 것은 아무것도 없을 것이다.

생각으로 그린 경계

아크릴 53*65 / 2020. 11. 8.

경계가 많은 사람일수록 생각이 적은 사람이고, 생각이 적은 사람일수록 철학적인 인생을 살기가 어렵다. 철학적인 인생을 살지 못한다는 것은 일이 잘못되었을 때 남 탓을 잘하거나, 지난 일을 후회하게 되는 경우가 많다. 깨닫는다는 것은 경계를 없애는 일이고, 경계를 없애기 위해 노력하지만, 쉬운 일이 아니라는 것을 누구나 이미 잘 알고 있

는 일이다. 잘 안되는 이유 중 가장 큰 원인은 어리석음이 있기 때문이
다. 불교에, 깨달음에 장애가 되는 삼독(貪, 瞋, 癡)에 어리석음이 있다.
사리를 바르게 판단하지 못하여 일어나는 일이다. 이유에 따라 행동하
지 못하거나 실패하는 일이 생기게 된다.

내가 바꿀 수 있는 것은 아무것도 없다

아크릴 53*65 / 2020. 11. 15.

인간은 자신을 기준으로 무엇인가를 자꾸 바꾸고 싶어 하는 심리가 있다. 그런데 바꿀 수 있다고 생각하는 것은 착각하는 동안만 가능한 일이다. 그렇지 않다면 어쩔 수 없어 변한 것처럼 보일 뿐이거나, 이롭다고 생각될 때 그런 척하고 있을 뿐이다. 그러다가 장애가 사라지면 본래의 모습으로 다시 돌아가게 되는 것이다. 나는 다시 확인하기를 바라지 않는다. 이유는 실망할 것이 뻔하기 때문이다.

세상에서 제일 아름다운 형체

아크릴 53*65 / 2020. 11. 22.

세상에 절반인 남성이 제일 좋아하는 대상은 여성이다. 남녀노소 할 것 없이 세상에서 제일 좋아하는 어머니는 여성이다. 이보다 더 많은 사람이 좋아하는 대상이 이 세상에 또 있을까? 할아버지도 어머니를 좋아하고, 할머니도 어머니를 좋아하고, 아버지도 어머니를 좋아하고, 어머니도 어머니를 좋아하고, 나도 어머니를 좋아한다.

누구나가 좋아하는 돈과 어머니 중 어느 것을 더 좋아하느냐고 묻는다면 어떤 답이 나올까? 야! 미친놈아 그걸 질문이라고 하냐?

인간은 실체보다 기분을 조정하는 감정의 힘이 훨씬 더 커 보인다. 여성의 아름다운 부분이라고 하면 볼록한 젖가슴과 펑퍼짐한 엉덩이 부분이다. 왜 그 부분을 좋아하게 되었을까? 그 부분이 있었기에 여성을 좋아하고, 어머니를 좋아하게 된 동기가 아닌가 생각된다. 성적 본능을 자극하는 힘이기 때문이다. 그래서 수컷은 먹이도 물어다 주고, 춤추고 노래하면서 잘 보이려고 애를 쓰는 것이다.

실체를 보면 그렇게 흥분할 일도 아닌데, 생각으로 사치스러운 포장을 자꾸 하다 보니 여자란 소리만 들어도 자동으로 흥분되는 지경이 된 것이다.

실체를 직시하면 그럴 만한 이유를 어디에서도 찾을 수가 없다. 아름답다고 하는 기준이 무엇인지, 이런 것이라고 정의할 게 없기 때문이다.

목욕하는 환자

유화 50*60 / 2021. 1. 3.

    단둘이 사는 집에서 딸이 학교 갔다 오다 넘어져 팔이 부러져 병원에 가서 깁스했다.

    단둘이 사는 집에서 부인이 시장 갔다 오다가 빗길에 미끄러져 팔이 부러져 병원에 가서 깁스를 했다.

    단둘이 사는 집에서 어머니가 계단에서 넘어져 팔이 부러져 병원에 가서 깁스했다. 깁스하고 있는 기간이 길다 보니 정기적으로 하던 목욕을 해야 하는데 혼자서는 할 수가 없다 보니 누군가의 도움이 필요하다. 아버지밖에 딸아이 목욕을 시킬 사람이 없다면 어떻게 해야 할까? 남편밖에 부인의 목욕을 시킬 사람이 없다면 어떻게 해야 할까? 아들밖에 어머니의 목욕을 시킬 사람이 없다면 어떻게 해야 할까?

우리는 남의 몸에 손을 대는 것에 익숙하지 않다. 딸아이에게도, 부인에게도, 어머니에게도 거리낌이 없이 목욕시킬 수 있는 사람이라면 존경할 만한 사람이라고 생각한다. 과연 나는 그렇게 할 수 있을까? 그림을 보고 어떤 느낌을 느꼈는지 바로 그 느낌이 지금 당신의 마음일 것이다. 야한 생각을 할 수도 있고, 안됐다고 생각할 수도 있다.

> "아내를 자신 같이 사랑하고 소중히 지켜라! 여자를 울리지 마라. 하느님은 여자의 눈물을 한 방울 한 방울 다 센다."
>
> – 《탈무드》에서

본성의 힘

혼합 50*60 / 2021. 3. 21.

정신분석학자 칼 융은 무의식을 의식화하지 않으면 삶은 정해진 대로 흘러간다고 이야기하고 있는데, 이는 우리가 알고 있는 운명이라고 부르는 것이다.

삶에서 무의식이 95%를 점하고 있다고 하니, 알게 모르게 무의식적으로 아무 생각 없이 물 흐르듯이 그냥 하루하루 살아가고 있음을 다시 한번 통찰해 보았으면 좋겠다는 생각이다.

그러면 무의식이 어떤 놈인지 조우석 작가의 생각을 들어보자.

1. 감정에 크게 영향을 받는 놈이다.
2. 생생한 심상, 즉 이미지에 큰 영향을 받는 놈이다.
3. 자주 반복되는 것에 영향을 받는 놈이다.
4. 현실과 상상을 구분하지 못하는 놈이다.
5. 시간 개념이 없어 현재, 미래를 구분하지 못하는 놈이다.
6. 부정형 문자를 이해하지 못하는 놈이다.
7. 옳고 그름, 진실과 거짓을 판단하지 않는 놈이다.
8. 모든 주어를 일인칭으로 이해하는 놈이다.
9. 잠들지 않는 놈이다.
10. 의식만큼 균형 잡히고 실질적인 힘이며 의식보다 더 큰 지혜가
    숨어 있다.
11. 다른 사람의 무의식과 연결되어 있다.

무의식을 바꿀 힘은 의식이 가지고 있다. 무의식이 어떤 놈인지 잘
이해하고 운명을 바꾸는 일에 도움이 되었으면 좋겠다는 생각에 인용
하는 것이다.

우주의 본질은 이기적인 것이 아니다

혼합 50*60 / 2021. 4. 25.

우주 구성 원소 – 수소 74%, 헬륨 24%, 산소 1%, 탄소 0.5% 기타 0.5%

대기 구성 원소 – 질소 78%, 산소 21%, 아르곤 0.9%, 이산화탄소 0.04%

인간의 구성 원소는 산소 65%, 탄소 18.5%, 수소 9.5%, 질소

3.3%, 기타로 이루어져 있는데 왜 그렇게 구성되어 있는지는 아무도 알 수가 없다.

우주의 구성 물질은 분자에서 원자로 원자에서 양성자, 중성자, 전자로 이루어져 있으며, 이는 또다시 17개의 페르미온과 보손이라는 기본 입자로 구성된다.

- 물질 구성 입자인 페르미온에는 (U)업쿼크, (C)참쿼크, (t)톱쿼크, (D)다운쿼크, (S)스트레인쿼크, (B)보텀쿼크, (e)전자, (u)뮤온, (T)타우, (Ve)전자중성미자, (Vu)뮤온중성미자, (VI)타우중성미자가 있고
- 힘 매개 입자인 보손에는 (g)글루온, (H)힉스, (y)포톤, (z)z보손, (w)w보손이라는 입자가 있다.

그리고 우주의 물질세계를 거시세계와 미시세계로 구분하는데 구분 기준은 1몰(mole)에 들어 있는 원자의 수 6×10에 23승 개의 양이다. 원자가 이만큼 모여야 우리가 보고 느끼고 만질 수 있는 거시세계가 된다. 물 한 방울, 한번 숨 쉬는 공기 분자의 수 정도이고, 우리가 사용하는 물건들이 사라지지 않고 그대로 있는 것은 양성자의 수명(10×34승 년)이 길기 때문이란다.

우주에 있는 모든 것들이 나름대로 어떤 규칙이 있는지는 모르겠으나, 아무리 봐도 공통 분모라는 것을 찾을 수가 없다. 역시 인간은 여전히 무식하다는 생각을 떨칠 수가 없다. 나와 관계가 있는 것 같기도 하고, 전혀 관계가 없는 것 같기도 하니 어떻게 해야 좋을지 모르겠다.

세상은 생각하는 대로 존재한다

혼합 53*65 / 2021. 5. 2.

가질 수 있다고 믿어라. 그러면 가지게 될 것이다.

인간이라는 존재는 자기 생각에 따라 움직이고, 자신보다 강한 확신을 가진 사람의 생각을 따라 반사적으로 움직인다.

우리가 마음 속으로 품고 있는 대부분은 결코 우리 자신의 것이 아니며, 스스로 생각해 낸 것이 아니다(보고 들은 것).

원하는 것에 대해서는 확실한 목표가 반드시 있어야 한다.

생각은 동종의 것을 창조하고, 물체와 서로 연관되어 있으며, 지향하는 것을 끌어들인다.

신념은 어떤 현상을 드러나게 한다.

사업의 성공과 실패는 능력에 의한 것이 아니라 마음가짐에 의한 것이다.

남에게 자신이 욕구하고 있는 것을 발설하지 말라.

우리는 모두 암시의 노예가 되어 마치 최면에 걸린 상태로 세상을 살아가는 경우가 많다.

행위를 동반하지 않는 신념은 죽은 것이다.

나를 설득하지 못하면 다른 사람은 절대 설득할 수 없다.

인간은 믿기만 하면 된다.

- C.M. 브리스톨, 《신념의 마력》(선영사, 2022)

나만 잘 모르고 있다

혼합 50*60 / 2021. 5. 30.

　　내가 알고 있는 것은 추측에 관한 지식과 우주 만물의 변화를 우연이라는 단어를 적용하여 이해하려고 하는 것이다. 우주가 언제 어떻게 생겼으며, 지구가 언제 어떻게 생겼으며, 인간이 언제 어떻게 생겼으며, 내가 어떻게 지금 이 자리에 있게 되었는지 알 수가 없는 일이다.

나의 의지와는 아무 상관도 없이 돌아가는 일이다. 우주가 생긴 것도 우연이고, 태양이 은하계에 속한 것도 우연이고, 지구가 태양계에 속한 것도 우연이고, 지구에 인간이 산다는 것도 우연이고, 내가 지금 이러고 있는 것도 우연이다. 앞으로 어떤 우연이 이런 날인지는 아무도 알 수가 없다.

우주의 변화에 의해 지구가 다른 별에 흡수되어 살아질 수도 있고, 다른 행성과 충돌하여 지구가 깨지거나, 지구 자체의 환경 변화에 의해 못 쓰게 될 일이 일어날 수도 있다. 그런 것을 나만 잘 모르는 이유는 나는 우주와 별개다, 나와는 상관없는 일이라는 특별한 생각을 하고 있기 때문이 아닌가 생각한다.

영혼이 있는 모델

혼합 53*65 / 2021. 6. 20.

"말을 많이 하면 필요 없는 말이 나온다. 양 귀로 많이 들으며, 입은 세 번 생각하고 열라."

"노점상에서 물건을 살 때 깎지 말라. 그냥 돈을 주면 나태함을 키우지만, 부르는 대로 주고 사면 희망과 건강을 선물하는 것이다."

"웃는 연습을 생활화하라. 웃음은 만병의 예방약이며, 치료약이며, 노인은 젊게 하고, 젊은이는 동자로 만든다."

"텔레비전과 많은 시간을 동거하지 마라. 술에 취하면 정신을 잃고, 마약에 취하면 이성을 잃지만, 텔레비전에 취하면 모든 게 마비된 바보가 된다."

"화내는 사람이 언제나 손해를 본다. 화내는 사람은 자기를 죽이고 남을 죽이며, 아무도 가깝게 오지 않아서 늘 외롭고 쓸쓸하다."

"기도는 녹슨 쇳덩이도 녹이며, 천년 동굴 암흑 동굴의 어둠을 없애는 한 줄기 빛이다. 주먹을 불끈 쥐기보다 두 손을 모으고 기도하는 자가 더 강하다."

"기도는 지성을 찾게 하며 만생을 유익하게 하는 묘약이다."

"이웃과 등지지 말라. 이웃은 나의 모습을 비추어 보는 거울이다."

"머리와 입으로 하는 사랑에는 향기가 없다. 진정한 사랑은 이해, 관용, 포용, 동화, 자기를 낮춤이 선행된다. 사랑이 머리에서 가슴으로 내려오는 데 칠십 년이 걸렸다."

"가끔은 칠흑 같은 어두운 방에서 자신을 바라보아라. 마음의 눈으로, 마음의 가슴으로 주인공이 되어 '나는 누구인가? 어디 서 왔는가? 어디로 가나?' 명상을 하면 조급함이 사라지고 삶에 대한 여유로움이 생긴다."

- 김수환 추기경의 어록

유혹

혼합 53*65 / 2021. 7. 11.

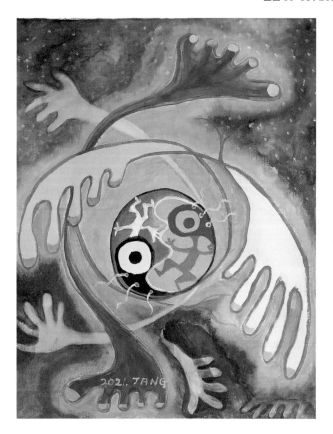

    알게 모르게 원하는 것을 가지고 싶어 하는 욕망 때문에 생기는 정신적 물질적 작용이라고 할 수 있다. 눈에 보이는 것보다는 눈에 보이지 않거나, 비유적인 유혹을 잘 관찰하는 일이 중요하다. 그렇지 않으면 세상을 통째로 오해할 수도 있기 때문이다. 먼저 의아하게 생각하고 있는 것을 확실하게 정리해 보는 것이 좋다.

우리가 살아가는 데 편리하도록 구분하고 있는 차원(1차원~11차원)의 세계가 있다.

1차원은 점, 2차원은 선, 3차원은 면, 4차원은 시간까지는 알겠는데, 5차원에서 11차원까지는 늘 궁금했다. 차원의 개념을 보면 단순히 어떤 물체가 어느 위치에 있는지 알아내기 위해 사용하는 (그 위치가 갖고 있는 속성을 표현하기 위해) 도구의 기능이 있고, 속도, 가속도, 힘, 에너지 등의 조합에 따라 다양한 차원의 틀이 만들어질 수가 있는데, 차원이라는 것이 어떤 특별한 세상이 아니라 단순히 물리량을 재기 위한 도구일 뿐이란다.

5차원 이상의 세계는 우주의 가장 기본적인 구조가 입자가 아니라 끈이라는 초끈이론에서 생겨났는데, 이유는 시공간(4차원)만으로는 우주의 움직임과 상호작용을 설명할 수가 없기 때문에 11차원의 공간을 사용해 기본 입자들의 상호작용을 설명하기 위한 물리학자들의 수학적 계산 결과인 추상적인 개념일 뿐이란다. 실제로는 우주가 몇 차원인지는 아직 정확히 알려지지 않았다고 한다.

인간은 죽으면 육도 세계(천도, 인도, 수라, 축생, 아귀, 지옥)를 끊임없이 윤회전생 하게 된다는 이야기다. 살아서 선한 행위를 하면 선한 결과를 받고, 악한 행위를 하면 악한 결과를 받는다는 것인데, 믿는 사람도 있고, 믿지 않는 사람도 있는 것이 현실이다.

자격 심사는 누가 하는지도 알 수가 없고, 자격 기준이 무엇인지도 알 수가 없다. 인간이 좋은 것과 나쁜 것을 구분 지어 놓고 그 책임과 권한을 유령에게 떠넘기고 있다. 무식한 사람의 본성이 그대로 드러나 보인다.

행위가 일어나기 이전으로 돌아가 보면 어떤 행위든 좋다 나쁘다 하고 구분할 수가 없는 것이다. 다 그럴만한 이유가 있기 때문에 일어나는 것을 억지 이유를 달아 평가한다는 것은 잘못된 것이다. 그래서 사후세계를 현실 세계로 받아들이는 것은 바람직하지 못하다고 생각한다.

인간의 능력 중에 깨달음에 도달하면 초인적인 능력이 생긴다고 하는데, 대표적인 것이 6통이다. 이런 능력을 믿는 사람도 있고, 믿지 않는 사람도 있다.

1. 신족통(원하는 곳에 갈 수 있는 능력),
2. 천안통(미래의 운명을 아는 능력),
3. 천이통(보통 사람이 듣지 못하는 소리를 듣는 능력),
4. 타심통(다른 사람의 마음을 읽는 능력),
5. 숙명통(사람의 운명 상태를 아는 능력),
6. 누진통(깨달음에 이르는 능력)이 있다.

추상적인 능력으로는 가능할지 몰라도 현실적인 능력으로는 믿을 수 없는 일이다. 그런데 맞다, 확실하다고 하는 사람이 있다면 그놈은 사기꾼이 확실하다는 것을 자신 있게 말할 수 있다.

진화는 계속된다

혼합 53*65 / 2021. 7. 25.

진화란 생물 종이 시간이 지남에 따라 변화하고 발전하는 과정을 의미한다. 인간의 진화는 700만 년 전에 아프리카 대륙에서 시작되었다고 한다. 진화의 원리는 식욕과 성욕을 만족시킬 수 있는 환경에 적응할 수 있도록 변화하는 것이다. 700만 년 전부터 지금까지의 인간은 그렇다 치면, 그 이전에는 어떤 모습이었을까?

인간에게는 어류의 유전자도 있고, 파충류의 유전자도 있고, 포유류의 유전자도 있다고 한다. 인간이 어느 순간에 나타난 것이 아니라면, 언제 어떻게 인간의 시조인 호모 사피엔스 모습으로 나타나게 되었는지 어떻게 설명할 수 있나?

인간의 진화 이전에는 다양한 종들이 서로 교차하여 교미하고 혼혈했을 가능성이 제기되고 있으며, 서로 다른 종간의 유전자 교환으로 새로운 특성이 생겨나고 진화에 영향을 미쳤을 수 있다는 인류학자들의 가설도 있다.

진화라는 것은 기능이 향상되는 것도 있지만, 정상적인 유전자 변화가 있어야 가능한 일인데, 그런 일이 실제 일어날 수 있을까? 불가능한 일이라는 생각을 하면서도 혹시나 하는 생각을 완전히 무시만 할 수도 없는 일이다. 지금의 모습도, 알지 못하는 오랜 세월을 통해 환경에 더 잘 적응할 수 있도록 작은 진화를 지속해 왔을 것이다.

지금도 진화하고 있는데 앞으로 어떤 모습으로 진화할지는 인간의 능력으로는 알아차릴 수가 없다. 우리의 지식이라는 것이 남아 있는 과거의 자료를 통해 이해하는 정도다.

구분이 가능할 정도의 변화를 알아차릴 정도가 되었다면 이미 우리는 이 세상에 존재하지 않을 것이다. 어떻게 진화하는 것이 좋을지는 저마다 다르겠지만 한 번쯤 상상해 보면 의미가 있지 않을까 생각된다.

본성 따라 춤추는 에너지

혼합 53*65 / 2021. 8. 13.

이 지구상에는 상상 못 할 정도로 어마어마한 돈이 있지만 사람들 대부분은 돈이 거의 없다. 그들에게 돈이 없는 것은 이 세상에 돈이 부족하다고 믿기 때문이다. 또는 자신이 부자가 될 자격이 안 된다거나, 돈을 벌기 어렵다고 믿기 때문이란다.

이를 극복하기 위한 비결은 ① 새로운 사람들을 만나라. ② 최고의 휴가를 즐겨라. ③ 멘토를 만들어라. ④ 경제적 능력을 벗어나는 물건을 쇼핑하라. ⑤ 교육에 투자하라. ⑥ 신체 건강에 관심을 쏟아라. ⑦기부하라.

– 그랜트 카돈, 《집착의 법칙》(부키, 2023)

카돈의 법칙이 추상적으로 들릴지 모르지만, 가성이 아닌 각자의 생긴 본성대로 살아갈 수 있는 좋은 방법인 것 같다.

백만장자의 메신저에 보면, '나는 정말 인생을 만족스럽게 살았는가?' '주변 사람들을 충분히 사랑하고 보살피고 그들에게 감사했는가?' '내 마음의 깊은 곳에는 삶의 목적이 있었는가?'

이런 삶을 살기 위해서는 아무 생각 없이 남 따라 사는 삶에서는 이루어질 수가 없다. 적어도 내 본성대로 살려고 노력해야 가능한 일이다. 살아가는 데는 장애물이 많은데, 장애물을 과감하게 제거하지 못하고 타협하고 피하는 일이 많아진다면 본성대로 살아가기가 어려워진다. 지나서 돌이켜 보면 내가 바라는 길과는 엉뚱한 방향에 있다는 것을 알게 될 것이다.

흥분된 욕망

혼합 53*65 / 2021. 9. 11.

    기대되는 일이 있어 미리 김칫국부터 마시는 심정일 때 일어나는 마음 작용이다. 한때 취미로 낚시하러 다닐 때 많이 느꼈던 기분이다.

    낚시하기 전까지는 고래라도 잡을 것 같은 부푼 기대에 어떤 불편함도 문제가 되지 않았다. 갈 때마다 가졌던 흥분으로 그 오랜 세월 고래는커녕 고래 새끼도 구경을 해보지 못했지만, 그때의 부질없는 행동이 지금은 추억으로만 고스란히 남아 있다. 그리고 깨달은 것은 흥분 뒤에는 허망함이 뒤따라온다는 사실을 알게 되었다.

원초적인 고질병

혼합 53*65 / 2021. 9. 19.

레즈비언 – 여성 동성애자, 게이 – 남성 동성애자, 바이섹슈얼 – 양성애자, 트랜스젠더– 생물학적 성과 정신적 성이 반대라고 생각하는 사람, 퀘스처닝 – 성 정체성을 확립하지 못해 스스로 질문하는 것, 성적 페티시즘 – 이상성욕(이성물애), 페미니즘 – 여권주의, 워마드 – 여성 우월과 같이 성에 관한 다양한 용어들이 있다.

본능적으로 마음이 맞는 이성이 사랑을 하는데 누구의 간섭도 받고 싶어 하지 않는다. 그런데 그것이 마음 먹은 대로 되지 않을 때 시끄러운 것들이 많아지게 된다. 더 동물적인 것이 좋은지 아니면 더 이성적인 것이 좋은지 판단하기는 쉽지 않은 일이다.

성에 대한 관심이 너무 크면 짐승처럼 행동하고 싶은 욕망이 생기고, 너무 없으면 어미 잃은 망아지처럼 이상적인 삶을 살 수가 없다.

성욕이라는 것은 평생 안고 살아가야 하는 고질병이다. 적절하게 잘 관리하는 것만이 최선의 방법이다.

생존과 번식을 위한 고민

혼합 50*60 / 2021. 10. 10.

번식은 적정한 수준으로 유지되는 것이 바람직하다. 많으면 필요한 자원이 증가하게 되고, 적으면 가용자원의 활용도가 축소하게 된다. 자원이 뒤따르지 못하는 인구 증가나 인구 감소로 있는 자원도 제대로 이용하지 못하는 것은 나라의 재앙이다.

우리나라를 포함하여 대부분의 선진국에서 인구 감소가 큰 문제로 대두되고 있다. 급하다 보니 지역에서는 인구를 늘리겠다고 남의 지역에 있는 인구를 뺏어오겠다는 정책이 대부분이고, 정부에서는 출산을 장려한다고 돈으로 모든 것을 해결하려고 하는 것 같다. 물론 전혀 도움이 안 된다고 말하는 것은 아니다.

세상이 바뀌면 바뀐 환경에 적응하면서 살아가는 것이 자연의 순리다. 나는 출산율이 저조한 가장 큰 원인이 비만 때문이라고 생각한다. 국민소득이 낮고, 교육 수준이 낮은 나라의 출산율이 높은 이유를 생각해 보라. 우리나라의 20~30대 젊은이들의 비만율이 자꾸 증가하고 있다고 한다. 가축 사육 시 번식 성적을 높이기 위해서 먹는 것을 엄격하게 제한하고 있다. (제한 급이) 또 하나는 대체로 교육 수준이 높다 보니 복잡한 경쟁사회에서 살아남기 위해 애쓴다고 스트레스를 받다 보니 성욕에 대한 관심이 낮아지는 것도 문제라 생각한다. 마지막으로는 직장에서 남녀 차별이 여전히 심하고, 결혼과 출산, 양육 시에 자유의지에 반하는 사회적인 현실이 출산을 망설이게 하는 요인이 되고 있다. 지금은 출산하는 것이 하지 않는 것보다 못하다는 생각이 크기 때문에 이런 인식을 바꾸는 노력이 있어야겠다.

우정과 대결

혼합 53*65 / 2021. 10. 31.

"세상의 모든 기쁨은 남의 행복을 바라는 데서 오고, 세상의
모든 고통은 나만의 행복을 바라는 데서 온다."

– 인도의 고승 샨티데바(Shantideva)

형벌에 대한 상식을 알면 세상을 이해하는 데 도움이 되겠다는 생각이 들어 정리하니 참고가 되었으면 좋겠다. 박탈하는 법익에 따라 자유형, 명예형, 재산형, 생명형으로 구분된다.

1. 자유형 - 징역 - 형무소에 구치(강제 노동 부과, 신체적 자유 박탈)

   금고 - 형무소에 구치하지만 강제 노동 부과하지 않음
   구류 - 금고와 같지만 한 달 이내 경미한 범죄

2. 명예형 - 자격상실(일정한 자격 상실), 자격정지(일정 기간 자격 상실)

3. 재산형 - 벌금(범죄자에게 일정 금액을 지불하게 하는 방법)

   몰수 - 범죄로 얻은 물건이나 이익 몰수
   과태료 - 2천 원 이상 5만 원 미만 벌금을 30일 이내 지불하는 벌

4. 생명형 - 사형(생명을 박탈)

   ▶ 파면: 공무원을 강제 퇴직시키는 중징계 처분. 파면된 자는 향후 5년간 공무원이 될 수 없고, 퇴직금은 5년 미만 시 1/4 감액, 5년 이상 시 1/2 감액 지급

   ▶ 해임: 공무원의 강제 퇴직(해임된 자는 3년 동안 공무원 임용 불가. 연금법상 불이익은 없다)

▶ 직위해제: 징계처분에는 포함되지 않으나 징계와 같은 목적으로 대기 발령

▶ 면직: 의원면직(본인의 사직)과 징계면직(파면)

끝.

영혼의 모습

혼합 50*60 / 2021. 11. 30.

정신과는 구별되는 일종의 생명 원리로 육신의 죽음과 무관하게 그 자체의 실체를 존속시킬 수 있는 능력을 지닌 영혼은 초월성을 지니는데 혼, 혼령, 혼백, 얼, 넋 등과 같은 이름으로도 부르고 있다.

육체에 깃들어 마음의 작용을 맡고 생명을 부여한다고 여겨지는 비물질적 실체로, 있다고 하면 있고, 없다 하면 없는 것 같은 중성미자 같은 존재다. 과학적으로 보면 없다 할 수 있겠으나 그렇지 않다면 있다고 인정해 주는 것이 좋겠다. 세상은 과학적으로 증명할 수 있는 것만으로 이루어져 있지 않기 때문이다. 내가 모른다고 없는 것이 아닌 것과 같은 원리다. 잘 쓰면 약이 되고, 잘못 쓰면 독이 될 수 있다.

인간관계

혼합 53*65 / 2022. 1. 2.

"외로움을 없애는 가장 쉬운 방법은 다른 사람을 사랑하는
것이다.

사랑은 궁금증과 관심에서 시작한다. 이런 궁금증이 있다면
그것이 사랑이다.

나이 들어 외롭지 않으려면 무엇보다 사랑하는 능력을 갈고

닦아야 한다."

죽을 때까지 재미있게 살고 싶다는 이근후 교수(이화여자대학교 명예교수)의 인생철학이다.

댓글을 단 '뭉게구름', 새해 첫 작품 고맙네! 계속 건강한 작품 이어주기를 바라네. 지금 읽고 있는 《초인생활》이라는 책에서 신의 세계는 엄격한 계급 사회라는데 인간은 평등을 외치고 있네. 그러나 각자가 원하는 평등은 또 서로 다르고….

정답이 있을까? 답을 찾는 자체가 잘못일 수도 있겠지, 인간관계에서 평등은 적용 대상이 안 될 수도 있으니까.

댓글을 단 '가을 꾼', 선물해 준 책은 잘 보고 있습니다. 항상 자기 내면을 바라보게 하는 책들이었습니다. 덕분에 타인의 모습에 비친 내가 아니라, 본래의 나에 근접하는 계기가 되는 책들이었습니다. 인간관계에 대해서도 깊은 통찰을 할 수 있는 계기가 되었습니다. 정견 — 바로 본다는 의미가 새롭게 다가옵니다. 늘 감사합니다. 캐나다 출장도 잘 다녀왔습니다.

인연인가, 우연인가?

혼합 53*65 / 2022. 6. 20.

세상일이 작게 보면 인연인가 생각이 들다가, 크게 보면 우연이 아닌가 하는 생각이 든다. 지금의 결과는 지나온 과거의 인연 때문에 만들어졌다는 믿음이 전자이고, 후자는 우리가 상상할 수 없는 우연이 만들어 낸 사건의 결과라고 믿는 것이다.

공룡이 사라지고 인간이 출현하여 살아가는 지금의 모습이 인연 때문인가, 아니면 우연 때문인가? 나는 인간의 능력으로 세상일을 인연인가 우연인가로 구분할 수 있는 능력이 없다고 생각하고 싶다. 구분할 수 있다고 자신한다면 그것은 편향된 사고 때문일 것이다. 수만 가지 이유 중에서 어쩌다 선택된 한 가지를 두고 인연인지, 우연인지 누가 답할 수 있겠는가?

생각하는 존재

혼합 53*65 / 2022. 7. 18.

오감으로 볼 수 있는 나(눈), 생각으로 알 수 있는 나(뇌), 에너지로 느껴지는 나(심장). 나란 정말 있다고 할 수 있는 것인가? 탄생 성장 소멸, 탄생 성장 소멸 작용이 영원한데 나란 어디에 있는 것인가? 나란 생각할 수 있는 순간에만 존재하는 것이다.

우주

혼합 53*65 / 2022. 8. 8.

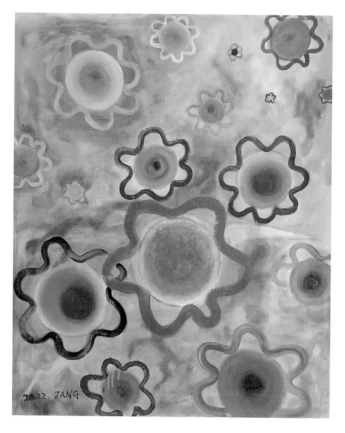

　너무 커서 무관심한 우주! 150억 년 전에 점에 불과했던 우주가 대폭발로 급속하게 팽창하면서 지금의 우주가 만들어졌다는데, 지금도 계속 팽창하는 중이란다. 우주가 폭발하기 전에는 어떤 모습이었을까? 우주는 과연 끝이 있는가? 우주의 기초 물질은 왜 수소였는가? 지금으로서는 누구도 대답할 수 없는 우리들의 수수께끼다.

태양의 나이는 47억 년, 태양의 수명은 100억 년이란다. 지구의 나이는 46억 년으로 언젠가 태양에 흡수되어 사라질 운명이다. 태양에서 날아오는 빛과 에너지는 지구 대기권에 있는 오존층과 지층의 맨틀에서 만들어진 자기장에 의해 제어되어 지구에 생명체가 정상적으로 살아갈 수 있는 것이다. 우리는 하루살이를 하찮고 우습게 생각하고 있다. 과연 우리가 하루살이보다 더 낫다고 생각할 수 있는가?

의식의 편향

혼합 50*60 / 2022. 8. 14.

　나 자신을 포함한 어느 누구의 생각도 알 수가 없다. 다만 생각이
라는 것은 자신의 이해를 위해서만 편향되게 작동되고 있기 때문이다.
우리의 생각은 일상적으로는 잘 느낄 수 없지만, 유전적으로 또는 환
경적으로 알게 모르게 학습되어, 무의식이라는 프로그램에 따라 신체
의 안위를 위해 자동으로 작동하는 기계의 소모품에 다를 바 없다.

생존을 위한 인간의 이기적인 생각은 당연한 것이다. 때문에 편향된 의식이 필요할 수는 있지만 정도가 심할 때는 적당한 제재를 가하는 것이 중도에 이로울 수 있다. 때문에 편향된 정치인이 만들어 내는 법은 국민을 위한 주산물이 아니라 자신들을 위한 부산물이기가 쉽다.

"최선의 위정자는 백성의 마음에 따라 다스리고, 차선의 위정자는 이익을 미끼로 해서 백성을 인도하고, 차차선의 위정자는 도덕으로 백성을 설교하고, 그다음의 위정자는 형벌로 백성을 다듬어 가지런히 하며, 최하의 위정자는 백성과 다툰다."

    – 사마천의 《사기열전》(사마천: B.C 145?~B.C 91?년. 동양 역사학의

시조라 할 수 있는 중국의 고대 역사학자)

만물의 본성

혼합 53*65 / 2022. 9. 27.

　　20세기 이전에는 만물이 결정론적 운명을 타고난다고 하여, 우주에 존재하는 모든 입자의 위치, 질량, 전하, 속도를 알고 있으면 미래의 어느 시점에 우주의 상태가 어떨지 정확하게 예측할 수 있다고 믿고 있었다. 그러나 상대성 이론과 양자 효과의 발견으로 미래의 운명은 비결정론적이라는 게 밝혀졌다. 가장 기본적인 소립자의 개별운동을 예측할 수 없기 때문이란다.

관계

혼합 53*65 / 2022. 10. 23.

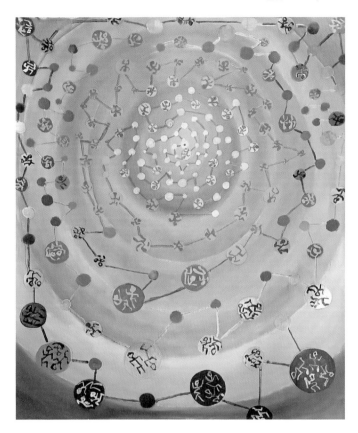

관계 하면 먼저 떠오르는 것이 인간관계다. 인간관계가 좋아야 성공할 수가 있다고 한다. 우리 몸은 70조 개의 세포로 이루어져 있는데, 이들은 서로의 관계를 유지하면서 끊임없이 생멸을 지속하고 있다.

만약 세포가 저마다 각자도생한다면 어떻게 될까? 아마도 인간이라는 존재는 없었을 것이다. 그래서 세포와 세포의 관계가 조화로울 때 내가 있게 되는 것이다.

곰곰이 생각해 보면 세상이라는 것이 사방으로 어느 하나 관계되지 않는 게 없다. 모든 관계가 원만하게 잘 유지될 때 비로소 안전과 행복을 맛볼 수가 있게 되는 것이다. 우리는 추상적인 인간관계만을 중시하고 있는데, 이면에 있어 보이지 않는 무수한 관계가 있어 이들이 조정자 역할을 하고 있다는 것을 알아야 한다. 모든 관계가 나에게 수렴될 수 있도록 최선을 다해야 세상과 원만한 관계를 유지할 수 있는 것이다.

나는 세상과 거미줄 같은 관계를 맺고 있다. 너무 느슨하지도, 너무 팽팽하지도 않게 적당한 관계를 잘 유지해 나가는 것이 최선의 방법이다.

계획 없는 디자인

혼합 53*65 / 2022. 12. 18.

살면서 관심을 두는 분야를 대략 구분해 보면 물질적인 것과 정신적인 것으로 구분할 수 있다. 물질적인 것은 식욕과 성욕을 만족시키는 일로 채워져 있고, 정신적인 것은 비물질적인 생각에 바탕을 두고 있다. 우리의 삶은 계획적이라기보다는 그때그때 덤벙덤벙 닥치는 대로 살아간다고 보는 것이 더 맞는다는 생각이 든다.

이런 삶을 인간은 어떻게든 정형화된 틀에 꿰맞추려고 애를 쓰고 있다. 모든 것이 고정되어 있으면 가능한 일이나 어느 것 하나 불변인 것이 없으니 답답한 노릇이다. 물 위에다가 말뚝을 막고 기대어 아무 일도 일어나지 않을 것이라고 철석같이 믿고 있으니 말이다. 인간은 정말 운이 좋다고 해야 할 것이다.

어릴 때는 잘 먹고 잘 크면 되고, 청소년기에는 좋은 직업을 가지려고 열심히 공부하면 되고, 성인이 되면 가족을 부양하기 위해 열심히 돈 벌면 되고, 장년이 되면 아이들과 노후를 위해 열심히 돈을 모으면 되고, 노년이 되면 모든 것이 되는 대로 돌아가는 데 보조를 맞추어서 살아가면 된다. 생애 중에 가장 중요한 일은 돈 버는 일이다. 아마도 전 생애가 돈벌이 수단과 관련이 없는 것이 없다. 이유는 돈이 있어야 모든 생활을 정상적으로 할 수 있기 때문이다.

물질적인 조건이 어느 정도 갖추어지고 난 다음에는 정신적인 세계에 더욱 관심이 높아진다. 구부리고 땅만 바라보고 사는 삶에서 허리를 펴고 하늘을 바라보니 또 다른 세상이 궁금해지는 것이다. 이왕이면 행복하고 의미 있는 삶을 살고 싶은 희망이 생기니, 살아있는 동안만이라도 꿈틀대는 애벌레 모양 세상을 향해 에너지를 계속 뿜어내고 싶은 욕망이 생기게 된다.

우리의 삶의 모습이 하루하루 닥치는 대로 사는 데 익숙하다 보니, 내가 어디로 가는지 방향과 목적을 알 수가 없다. 그렇게 세월이 지나고 나면 아쉬운 것에 대한 미련 때문에 어리석음을 원망하게 된다. 누구나 잘 살고 싶은데 잘 살지 못하는 것은 본인의 사는 방법이 잘못됐다는 것을 알아차리지 못하기 때문이다. 요사이는 잘 사는 방법, 돈 잘 버는 방법, 부자가 되는 방법 등에 대한 정보가 넘쳐나고 있다. 그러나 아무것도 믿을 수가 없다.

인간은 왜 정신세계를 중요하게 생각하고 있는가? 인간은 다른 동물과 달리 생각하는 동물이기 때문이다. 생각이란 놈은 쓰면 쓸수록 자꾸 커지는 성질이 있다.

아무 생각 없이 사는 것보다는 많은 생각을 하면서 사는 것이 더 바람직하다. 그러면 더 많은 세상을 창조할 수가 있기 때문이다. 생각을 바꾸지 않으면 지금의 모습에서 벗어날 수가 없다. 이는 생각이 없는 무의식적인 습관 때문이다. 생각하고 점검하고 실행하고, 생각하고 점검하고 실행하다 보면 결국에 희망을 볼 수 있게 된다. 정신적인 세상의 지식을 넓히는 데도 지금 많은 정보가 넘쳐나고 있다. 그러나 아무것도 믿을 수가 없다. 인간은 정확한 것보다는 확실한 것을 믿고 싶은 심리가 있기 때문에 애매모호한 정답을 알아보지 못하고 있다.

본래는 모든 것이 보잘것없고 하찮은 것이지만 지속적인 관심과 믿음을 주면 원하는 세상을 만들 수가 있는 것이다. 복권방에서 복권 끌듯이 요행을 바라는 삶은 온전한 삶이 아니다. 있어도 그만 없어도 그만인 덤 같은 인생은 필요 없다.

자신을 사랑하라

혼합 53*65 / 2023. 2. 1.

　세상에는 나보다 소중한 존재는 없다. 부모도 형제도 친구도 이웃도 나보다 소중할 수는 없다. 그렇지 않다고 생각한다면 나라는 인간은 쓸모없다고 하찮게 생각하는 것과 같다.

　내가 나를 좋아하지 않는데 누가 나를 좋아한단 말인가? 자신이 자신을 사랑할 수 있어야 세상도 사랑할 수 있는 것이다. 우상을 찾아 방황하는 영혼은 나를 진심으로 사랑할 수 없는 것이다. 나보다 소중한 것이 세상에 있다고 믿고 있기 때문이다. 나는 그런 착각을 하고 있지 않는지 한 번쯤 곰곰이 생각하는 시간을 가져보는 것도 좋지 않을까 생각한다.

누가 뭐라고 하든 자신을 비하하는 말은 귀담아듣지 마라. 우리는 남의 말에 예민하게 반응하는 습관이 있다. 이같이 잘못된 습관은 과거의 떳떳하지 못한 비굴한 태도 때문에 생긴 결과이다. 지금도 사방을 보면 스스로가 자신을 보잘것없는 인물로 취급하고 있다는 것을 알 수가 있다.

자신을 사랑할 수 있는 기본조건으로 나에 관한 일은 내가 선택하고 내가 결정할 수 있어야 한다. 만약 지금 처한 상황이 그렇지 못하다면 하루 빨리 그런 환경에서 탈출하는 것이 좋다.

내가 나를 사랑한다는 것은 사랑의 씨앗을 틔우는 일이다. 사랑은 받아본 사람이 안다는 속담도 있다. 사랑이라는 것을 각지듯이 무엇이라고 단정할 수는 없지만 마음으로 이런 것이 사랑이구나 하고 느낄 수가 있는 것이다. 나는 가면 상태에서 '사랑합니다' '감사합니다' 하는 말을 계속 되뇐다. 좋은 에너지를 받는다고 하여서….

떠오르는 디자인

혼합 50*60 / 2023. 2. 24.

"사랑은 집착하거나 소유하는 것이 아니라
놓아주고 존중하는 것이다."

– 안젤름 그륀

"성공은 조르거나 요구하거나 쫓아다니거나 애쓸 때는 절대

로 오지 않는다. 목표를 향해 분투하는 삶에서 목표에 도달
하는 삶으로 갈 수 있는 유일한 방법은 집착을 버리고 받아
들이는 것이다."

- 웨인 다이어

내가 어떤 책을 읽으면서, 이런 단어를 꼭 써야만 했었는지 의아한
생각이 들었다. 느낌이 독자야 어떻게 생각하든지 말든지 내 잘난 척
만 하면 그만이라는 생각이 들었다. 그래서 사전을 찾으면서 알아본
단어들이다. 함께 공부한다는 생각으로 보았으면 좋겠다는 생각이 들
어 적어 본다.

프레이밍(특정한 프레임을 이용해 보도하는 것), 레토릭(과장되게 꾸민
미사여구), 포샵질(포토샵으로 수정 또는 합성하는 것), 언더독(약자를 응원
하고 지지하는 심리 현상), 검수완박(검찰 수사권 완전 박탈), 칼뱅주의(성서
와 신앙 중심주의 강조), 국뽕(나라중독, 민족주의), 딕션(정확성과 유창성을
두루 갖춘 발음 의미), 궐기(벌떡 일어남), 레이블링(제품식별 프로세스), 니
치한(틈새, 희소한), 플레이팅(먹음직스럽게 보이도록 그릇에 담는 일), 네러
티브(묘사, 서술), 팬픽(팬이 직접 쓴 소설), 팬덤(특정 분야를 지나치게 좋아
하는 사람이나 무리), 흑화된 범생이(검게 변하게 되는), 셀럽(유명인), 관
종질(시선을 끌고 승리를 거머쥐는), 나르시시즘(자기애), 그로테스크(괴상
망측), 걸크러시(여자와 반하다 합성, 멋진 여성), 스우파(댄스서바이벌 TV
프로 줄임말), 리버럴(자유로운), 듣보잡(듣도 보도 못한 잡놈), 뿌띠(모델링
팩), 소구(행동을 일으키게 하려고 행하는 작용), 틀딱(인공치아, 노인 비하하
는 말), 펨코(아프리카TV 에펨코리아), 대깨문(대가리가 깨져도 문재인), 어
그로(관심을 끄는 사람을 일컫는 말), 스쿼드(분대, 한 팀의 선수 구성), 미디

어 스턴트(언론이 만들어 낸 주목거리), 오불관언(나는 그 일에 상관하지 아니함).

이 단어가 다른 곳에 또다시 나온다면, 나는 다시 어떤 사전이든지 찾아야 할 것이다. 이유는 모르니까!

나는 왜 여기서 태어났는가?

혼합 53*65 / 2023. 3. 6.

걷다 보면 문득 걷는 내 모습이 신기하다는 생각이 든다. 다른 사물들은 다 제자리에서 꼼짝달싹도 못 하는데, 나는 내가 가고 싶은 곳 어디든 갈 수 있으니 말이다. 만약 내가 돌로 태어났다면 어땠을까? 나는 지금의 내 모습이 너무도 신기하다. 모든 것이 내가 원해서 된 것이 하나도 없으니 말이다.

이런 현상을 우리는 무엇이라고 이해해야 하나? 누구나 언젠가는 우주에 존재하는 만물의 형상으로 자기 모습을 드러내게 될 것이다. 나는 왜 여기서 태어났는지 궁금하지만, 알 수 없는 일이다. 내 의지와 무관한 자연의 섭리이기 때문이다. 끝이 있는지 없는지 알 수 없는 우주, 원자 분자로 들어가면 세상의 모든 물질이 에너지란 사실이다. 본래는 우주에 존재하는 모든 것들과 소통할 수 있는 능력이 있어야 정상이나 아직 그렇지 못하고 있다. 인간의 진화는 우주와 의사소통이 자유로워질 때 끝날 것이며 그때가 되면 더 이상 인간의 존재도 필요 없을 것이다. 이유는 "진리는 오직 하나이기 때문이다."

영혼의 실체

혼합 53*65 / 2023. 3. 19.

다른 사람을 부러워하는 것은 좋은 일인가?

세상에 모든 일들은 좋은 모습이든 나쁜 모습이든 드러내는 데는 오랜 시간이 필요하다. 편하고 쉽게 살고 싶은 생각이 앞서면 눈앞의 좋은 모습에 마음을 빼앗기게 된다. 벌, 나비가 꽃을 찾아다니는 것은 저마다 목적이 있어서지 그냥 꽃이 좋아서가 아니다. 목적이 없는 부러움은 일상 망상에 불과한 일이다.

　세상에 존재하는 것들은 다 그만한 이유가 있다. 그래서 각자가 주어진 이유대로 살아가는 것은 당연한 일이다. 누구는 좋고 누구는 나쁘고가 아니다. 각자가 자기 생긴 대로 잘 살아가는 것이 최상의 삶의 방법이다. 남보다 좀 많고, 좀 크고, 좀 잘 났다고 으스대 봐야 무슨 소용이 있는가? 남보다 좀 적고, 좀 작고, 좀 못났다고 아쉬워해 봐야 무슨 소용이 있는가? 그냥 설렁설렁 물고기 헤엄치듯이 살아가면 잘 사는 것이다. 부러워하지 마라. 있는 대로 생긴 대로 마음 편하게 살아갈 수 있다면 그 길이 행복하게 사는 길이다. 장명호 생각.

섬김

혼합 53*65 / 2023. 4. 9.

　상대를 대하는 마음가짐, 일반적으로 우리는 항상 강자와 약자 사이에 존재하면서 강자에게는 약하게 약자에게는 강하게 반응하면서 살아간다. 이렇게 살면 비굴하고 치사하게 살기 십상인데 그렇게 불편해하지 않는 것 같다. 아마도 습관이 되어 그런 모양이다. 강자를 섬김에 잘난 이유를 알고 섬기고, 약자를 섬김에 약자의 수준까지 내려가서 이유를 알고 섬김이 마땅하지 않은가?

살기 좋은 사회를 만드는 것은 올바른 섬김 문화가 있어야 가능한
일이다. 남을 섬기는 마음 없이 저마다 이기적인 생각으로 세상을 살
면서 좋은 세상이 올 것을 바라는 것은 처음부터 잘못된 일이다.

좋은 관계를 유지해야 좋은 섬김이 이뤄질 수가 있다. 무엇보다 서
로가 좋은 관계를 유지하려고 애쓸 때 좋은 섬김이 가능한 것이지 일
방적일 수는 없는 것이다.

마음

혼합 53*65 / 2023. 5. 14.

　마음이란 무엇일까? 온몸으로 느끼는 느낌! 온몸으로 느끼는 느낌
은 무엇인가? 바로 생명의 뿌리다. 저마다 고유한 생명의 뿌리가 있
다. 이는 본질적으로 형식적인 것에 별 영향을 받지 않는다. 스스로 자
신을 조정할 수 있다고 생각할 수 있으나 곰곰이 생각해 보면 그렇다
고 할 만한 증거가 없다. 그래서 한마디로 표현할 수가 없다. 끊임없이

변하면서 있는 것 같기도 하고 없는 것 같기도 하면서 자신만의 뚜렷한 경계를 갖고 있다.

　마음이라는 것은 개인적이고, 선택적이며, 감정적이고, 의도적이란다. 마음씨가 좋은 사람과 마음씨가 나쁜 사람은 어떻게 구분하는 것인가? 하루에도 셀 수 없이 변덕스러운 마음을 이거다 하고 단정 짓는 것은 왠지 어울리지 않는 것 같다. 그냥 변덕쟁이라고 솔직하게 말하는 것이 좋겠다. 저도 알아야 하니까.

역사

유화 53*65 / 2023. 5. 29.

　　140억 년 전에 우주의 탄생이 있었고, 46억 년 전에 태양이 생기고 45억 년 전에 지구의 탄생이 있었다고 한다. 인류의 조상인 호모 사피엔스의 탄생은 20만 년 전이란다. 우주가 탄생하기 전에는 어떤 모습이었을까? 궁금하다.

대한민국의 탄생은 고조선(BC 2333~ BC 108년)에서 고구려(BC 37~AD 688년) 현재의 만주 지역, 백제(BC 37~AD 660년) 한반도의 서남부, 신라(BC 57~AD 935년) 한반도의 동남부, 가야(BC 100~AD 562년) 한반도의 중남부가 통일되어 676년에 통일신라가 되었다가, 통일신라와 후백제(892~936년), 후고구려(901~918년)의 삼국이 900년 초에 통일되어 고려(918~1392년)가 되었다가 조선(1392~1910년), 일제 강점기 34년 11개월(1910년 8월 29일~1945년 8월 15일)을 거쳐 지금의 대한민국이 되었다.

영혼의 힘

혼합 53*65 / 2023. 7. 3.

인간의 행위는 세 가지 근본 원천에서 시작되는데, 첫째는
자신의 이익만을 추구하는 이기심이고, 둘째는 타인의 손해
를 바라는 배타심, 셋째는 타인의 복리를 원하는 동정심이
란다. 우리의 양심은 5분의 1은 타인에 대한 두려움, 5분의 1
은 종교적 두려움, 5분의 1은 선입관에서 비롯된 두려움, 5분

의 1은 허영에서 비롯된 두려움, 5분의 1은 관습상의 두려움으로 이루어져 있단다. 그리고 인간의 생존은 궁핍과 권태를 양극으로 하고 있는데, 궁핍을 해결하기 위한 고통이 사라지는 순간 권태가 뒤따라오듯이 삶은 고통과 지루함 사이를 왔다 갔다 한단다.

– 독일의 철학자 쇼펜하우어(1788~1860)

살아가는 데 최고의 적은 불안과 두려움이다. 안전하지 못하고, 불확실한 것에 대한 염려가 원인이다. 죽는 순간까지 헤어질 수 없는 인간의 운명이다. 무조건 거부할 것이 아니라 잘 받아들일 수 있는 영혼의 힘을 키우는 것이 아주 좋은 방법이라는 생각이 든다.

욕망

유화 53*65 / 2023. 7. 18.

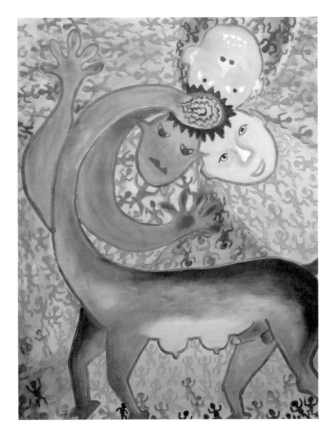

욕망은 인간을 불행으로 이끄는 주범이라는 자도 있고, 적당한 욕망은 행복의 원천이라는 자도 있다. 욕망을 두고 이러쿵저러쿵 의견을 내는 일은 철학자의 망상가에게 불가한 일이다.

욕망이란 자신을 더욱 안전하게 보존하기 위하여 세상을 향해 뿜어내는 에너지다. 욕망이 없다는 것은 전기제품에 전기가 없는 것같이 생물에게 생명력이 없는 것과 같은 일이다. 인간은 자기 관점으로 세상을 바라봄으로 욕망의 표현을 정형화시킨다는 것은 바람직하다고 생각하지 않는다.

세상을 편하게 살기 위해서는 욕심을 내려놓아야 한다. 마음을 비워야 한다고 이야기하고 있다. 주로 없는 사람이 더 그런 것 같다. 능력은 되지 않는데 욕심만 부리다 보니 정신적으로 너무 힘들어 자신을 위로한다고 잔머리 굴린 결과가 아닌가 생각이 된다.

욕망은 끼리끼리 모이는 게 세상의 순리다. 흘러가는 세상의 가운데 서서 힘들다고 거꾸로 가고 싶어 하는 것은 바람직하지 않다. 자라는 호박순이 머리를 들고 하늘을 향해 애를 쓰지 않는다면 영원히 담장을 올라갈 수가 없는 것이다. 버리기는 쉽지만 얻기는 어렵다. 그만한 대가가 있어야 가능하기 때문이다.

상상의 세계

유화 53*65 / 2023. 8. 1.

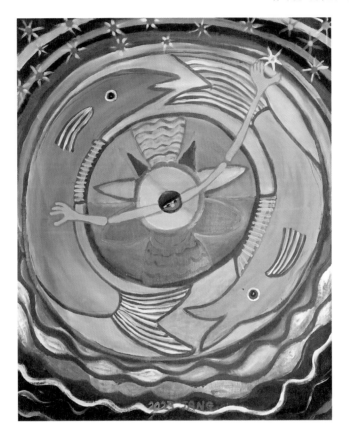

우주에는 보통 물질 4.9% 중에 유령 물질이라는 중성미자가 0.3%가 있다. 우리는 내 몸에는 어느 것도 내 허락 없이 들어올 수가 없다고 철석같이 믿고 있다. 그런데 주인 허락 없이 내 몸을 자기 멋대로 들락날락하는 놈이 있단다. 그놈이 바로 중성미자라고 하는 놈인데, 세상에 있는 대부분의 물질을 그냥 통과하는 이상한 입자다. 지금, 이

순간에도 엄지손가락 하나에 1초에 1,000억 개씩의 중성미자가 지나가지만 아무도 느끼지 못한다. 이유는 어느 입자와도 반응하지 않기 때문에 유령입자라고 부른다.

중성미자에는 우주 전체를 구성하고 있는 17개 기본 입자 중에 3개 (전자중성미자, 뮤온중성미자, 타우중성미자)를 차지하고 있다. 가장 가벼운 중성미자의 무게는 1kg을 1조로 3번 나눈 수준의 무게란다.

상상의 세계는 상상할 수가 없다. 확인할 방법이 없기 때문이다. 기껏 한다는 게 유형의 경험을 바탕으로 만들어지는 가상현실이 대부분이다. 육체가 닿지 않은 생각만으로 만들어 내는 세상이다. 다른 말로 상상의 세계는 초인들의 삶이라 할 수 있다.

건강한 영혼

혼합 53*65 / 2023. 9. 8.

　영혼은 육체에서 벗어나 독자적으로 존재한다고 믿는 사람과 영혼은 물질의 한 속성으로 인간의 뇌에서 일어나는 정신 활동에 지나지 않는다고 믿는 사람이 있다. 어느 것을 믿든지 중요한 것은 건강한 영혼을 가지는 일이다. 과학의 발달로 물질적인 증명은 많이 이루어졌으나 비물질에 대한 증명은 별로 이루어진 것이 없다고 보인다. 그래서 여전히 존재 자체를 의심하고 있다.

　영혼을 병들게 하는 근원은 분노, 정욕, 애착(집착), 교만(에고), 탐욕이라고 한다. 무엇이든지 과유불급이라고 지나치면 문제가 생기는 모양이다. 병든 영혼을 달래겠다고 사방에서 명상, 기도, 묵상, 관조와 같은 수행을 하고 있다. 애는 쓰지만 별로 나아지는 것은 없어 보인다. 삶에 답이 있을 것이라고 믿는 사람에게는 실망스러운 일이지만 그렇게 살면 가도 가도 끝나지 않는 세상을 만날 수밖에 없다. 결국 죽음이 임박해서야 자신이 세상을 잘 몰랐다는 것을 깨닫게 된다.

　누구나 건강한 영혼으로 언제 어떻게 죽을 것인지 항상 궁금하고 불안한 마음이다. 죽기 전에 아프기 시작해서 죽을 때까지의 고통이 크냐 작으냐에 따라 복이 있는 사람과 복이 없는 사람을 구분한다면 어떨까 하는 생각이 든다.

몰랑몰랑한 영혼

혼합 53*65 / 2023. 9. 21.

　시작될 때는 모든 것이 아주 연약하여 바람만 불어도 큰 상처를 입을 것만 같다.

　세월이 흐르면서 환경의 영향을 받으면 점점 딱딱하게 굳어져 간다. 물질적이거나 정신적이거나 정도의 차이는 있어도 본질적으로는 다르지 않다. 세월을 거짓 없이 바라볼 수 있던 능력이 이런저런 환경

탓에 굳어져 가기 시작하면서 삶이 힘들다는 생각이 자라게 된다.

인생의 하얀 도화지 위에 부모님의 부정적인 편견이나 선생님의 단편적인 사고 등과 같은 것이 반복 학습을 통해 깊이 각인되면 내 인생을 그려야 할 공간이 장애물 때문에 제대로 그릴 수가 없어진다. 내가 어찌할 수 없다는 공간이 커질수록 나는 더 불행해질 수밖에 없다.

자신을 되돌아보라. 지금 사는 게 힘들다고 생각된다면 아마도 나만의 자유로움을 방해하는 장애물이 있을 것이다. 그 장애물이 제거되지 않고 남아 있는 한 행복해질 수가 없다.

내가 쓸 수 있는 공간에 장애물이 없다면 삶이 힘들 이유가 없다. 세상을 긍정적으로 보는 습관을 들이면 장애물의 높이를 서서히 낮추어 갈 수 있다.

딱딱한 영혼이 몰랑몰랑한 영혼이 되어 행복하게 살아갈 수 있을 때까지 자기만의 긍정적인 마음을 키워 나가는 것이 지금 할 수 있는 최선의 방법이라고 생각한다.

나는 몇 등짜리 인생인가?

혼합 53*65 / 2023. 10. 28.

　　우리가 살아가는데 두렵다거나 불안하다는 생각이 들 때는 행복감을 느낄 수가 없다. 그중 대표적인 것이 비교 심리 때문이 아닌가 생각한다. 우리는 알고 있는 정보로 기준을 정하고 그 기준과 비교하여 평균 이상이다 싶으면 만족해하고, 그렇지 못하면 불만스러워한다.

올바른 기준이란 올바른 정보가 있어야 한다. 지인이 보낸 '축복받은 사람'의 정보를 공유하고 싶어 글을 쓴다.

"세계의 인구가 100명이라고 가정할 때 11명은 유럽에, 5명은 북미에, 9명은 남미에, 15명은 아프리카에, 60명은 아시아에 있다. 49명은 시골에 살고, 51명은 도시에 거주하며, 77명은 자기 집을 가지고 있고 23명은 살 곳이 없다. 21명은 영양이 과잉이고, 63명은 배불리 먹을 수 있고, 15명은 영양실조이고 1명은 마지막 식사를 하고 다음 식사까지 가지 못한다. 48명은 하루 생활비가 2달러 미만이다. 87명은 깨끗한 식수를 마시고, 13명은 깨끗한 식수가 부족하거나 오염된 상수원에 접근할 수 있다. 75명은 휴대전화가 있고, 25명은 그렇지 않다. 30명은 인터넷 접속이 가능하고 70명은 온라인에 접속할 수 없다. 7명이 대학 교육을 받았으나 93명은 대학을 나오지 않았다. 83명은 읽을 수 있고, 17명은 문맹이다. 26명은 14세 미만이고, 66명은 64세 전에 사망했고, 8명은 65세 이상 산다. 자기 집이 있고, 밥을 든든히 먹고, 깨끗한 물을 마시고, 휴대전화를 가졌으며, 인터넷쇼핑을 할 수 있으면 당신은 극소수의 특권층이다(7% 미만 범주에 속함). 100명 중 오직 8명만이 65세를 넘겨 살고, 65세가 넘은 사람은 이미 인류 중에서 축복받은 사람이다."

아마도 이 기준으로 보면 대한민국에 사는 사람은 대부분이 축복받은 사람이 아닌가 하는 생각이 든다. 모든 국민이 행복감을 느껴야 마땅함에도 과연 그런가 하는 의심이 든다.

성경에 이스라엘 땅은 꿀이 흐르는 땅이라고 했다. 축복받은 땅, 축복받은 사람이라고 하는데 사실이 그렇지 않다면 무엇이 문제인가? 누구나 저마다의 인생이 있다. 자의적인 판단으로 남의 인생을 이러쿵저러쿵 이야기한다는 것은 이치에 맞지 않는다. 끊임없이 변하는 삶을 한마디로 요약해서 말할 수는 없기 때문이다. 자신의 인생을 판단할 수 있는 사람은 오직 자신밖에 없다. 그래서 자신의 인생에 대한 평가를 어떻게 할지는 자신에게 달려 있다고 생각한다.

자아의 모습

혼합 53*65 / 2023. 10. 3.

우주에 대해 무언가 알고 싶은 마음, 자신에 대해 무언가 알고 싶은 마음이 커 보인다. 아무리 궁금해도 영원히 알 수 없는 것들이다. 그래서 더 궁금하고 더 알고 싶어하는지도 모른다. 형태가 없이 움직이는 자연의 조화를 형태가 있기를 바라는 고착된 심리 때문에 그런 것 같다. 마치 원자가 분자의 세상을 알고 싶어 하는 이치와 다르지 않다.

애벌레가 나방이 되는 원리와 비슷하다면 죽음 이후에 또 다른 삶이 있어야 할 것이다.

우리는 여전히 죽음 이후의 세상이 있는지 없는지 알 수가 없다. 그래서 지금으로서는 아무리 애를 쓴다 해도 궁금한 세상을 알 길이 없어 보인다. 실체가 없는 것을 실체가 있는 양 찾고 있다. 자아의 정의마저 모호한데 그것을 어떻게 찾는다는 말인가. 물질적 작용인지 정신적 작용인지 혼합된 것인지 구분이 되지도 않는다. 다만 아이 같은 성질이 있으면 아이 자아, 어른 같은 성질이 있으면 어른 자아 하고 구분하고 있다. 어떤 서러움을 나타내는 의미의 용어가 아닌가 생각된다.

열정

혼합 53*65 / 2023. 11. 13.

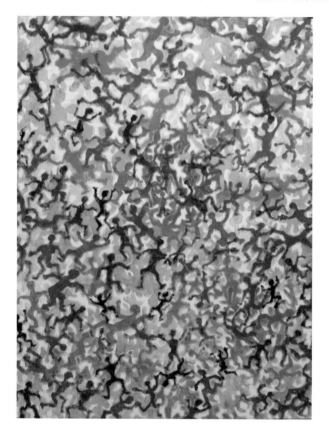

　세상의 움직이는 모습이 정해진 것인지, 우연인 것인지는 누구도
명확하게 답할 수는 없는 일이다. 인간의 삶도 마찬가지다. 끊임없이
움직이는 세상에 고정된 생각은 착각일 뿐이다. 우리는 열심히 살면
잘 살 수 있다고 한다. 모든 사람에게 물어보면 모든 사람이 다 열심히
살고 있다고 한다. 그런데 누구는 부자로 살고, 누구는 거지로 살고 있

다. 이것을 어떻게 정의할 수 있는가?

인간은 본능과 습성에 따라 대부분을 무의식적으로 세상을 살고 있다. 삶의 흔적이 추상화 그림 같다 하더라도 저마다 가끔은 잘살아 보려고 애를 쓴다. 잘 산다는 것은 무슨 의미인가? 자기 만족감이다. 만족감을 느낄 수 있고, 열정을 가질 수 있는 일에 빠질 수 있다면 그렇지 않을까 생각한다. 보상이 없는 열정보다는 보상이 있는 열정이 지속적이고 더 보람을 느낄 수가 있다. 그래서 이왕이면 취미생활도 경제 원리에 어울리는 취미를 갖는 것이 좋다. 누이 좋고 매부 좋고, 도랑 치고 가재 잡고 하듯이 서로가 좋아야 방해꾼이 없게 되는 것이다.

몽상

혼합 53*65 / 2023. 11. 28.

삶은 과거·현재·미래라는 시간대별로 전개되지만, 꿈의 세계는 모든 것이 시간을 초월한 한 공간에서 동시에 존재한다. 그래서 죽은 조상도 만날 수 있고 예수도, 부처도 만날 수 있다. 3차원과 4차원의 세계는 엄밀히 따지면 깊은 관련이 있지만 표면상으로는 다른 세상이다. 꿈속에서 누군가에게 성희롱했다면 성범죄인지 아닌지 판단하기가 쉽지 않다. 십계명에 간음은 죄라고 하고 있다. 내 의지와 상관없이 일어난 일을 내가 책임져야 할 일인지는 누가 답할 수 있겠는가?

미생물은 물고기의 먹이가 되고, 물고기는 새의 먹이가 되고, 새는 인간의 먹이가 되고, 인간은 괴물의 먹이가 되는 것이 자연의 순리다. 꿈속에 괴물이 되어 사랑하는 애인과 친구를 날 것으로 회를 떠먹고, 미운 놈은 불에 굽고 끓여서 맛있게 먹었다면 살인자가 맞는지? 누군가가 맞다 안 맞다고 단언한다면 그는 세상의 이치를 잘 모르는 사람이라고 생각한다. 세상은 힘이 있는 것이 맞다 하면 맞는 것이고 맞지 않다고 하면 맞지 않는 것으로 지금까지 흘러왔고, 앞으로도 그렇게 흘러갈 것이다.

인간은 누구나 욕망이 있는데 그 욕망에는 의식적인 욕망과 무의식적 욕망이 있다. 의식적인 욕망은 자기 의지대로 살아갈 수 있는 현실적인 욕망이다. 무의식적인 욕망은 괴물도 될 수 있고, 천사도 될 수 있는 비현실적인 욕망이다. 나이가 들수록 의식적인 욕망은 줄고, 무의식적인 욕망의 중요성이 점점 커진다는 것을 느끼게 된다. 이미 만들어진 제도와 습관 탓에 잘 드러나지 않던 것이 원초적인 본능에 힘을 싣기 시작하면 지금까지 쌓아 놓은 경계는 아무 의미가 없어진다. 그래서 힘만 되면 못 할 것이 없는 본래의 세상으로 자연스럽게 돌아가 순환하게 된다.

고기를 좋아하는 인간의 고기를 좋아하는 괴물은, 언제쯤 탄생하게 될까? 어리석은 인간은 확실한 세상을 좋아하지만, 애매한 것이 본래는 진리에 더 가까운 것이다.

실체

유화 53*65 / 2023. 12. 10.

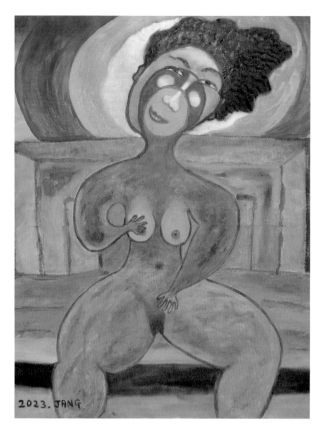

    세상을 잘 이해하려면 실체를 잘 알아야 한다. 세상은 아는 것만큼 보인다고 하지 않는가? 우리가 안다고 생각하고 있는 것들이 대부분은 실체가 없는 포장용 장식품과 같은 것이다.

    본래 인간은 알몸으로 살다가, 성기를 보호하는 보호대를 착용하였고, 식물로 엮은 옷을 걸치면서, 면으로 만든 옷을 입고, 털로 만든 옷을 입고, 실크로 만든 옷을 입고, 석유에서 뽑은 폴리에스터로 옷을 만들어 입으면서 살아왔다. 모두가 알몸으로 살았을 때는 누가 알몸이든 특별할 것이 아무것도 없다.

인간은 호기심이 많은 동물이다. 그래서 내가 없는 것은 더 보고 싶어 하고, 더 가지고 싶어 하고, 더 먹고 싶어 한다. 특히 식욕과 성욕에 관계되는 것은 무엇이든지 가질 수 없는 것은 부러워하고, 한편으로는 저주스러워한다.

인간이 생각하는 세계는 실체와는 아무런 상관도 없다. 실체는 아무것도 변한 것이 없는데 왜 인간의 생각은 끊임없이 변하고 있는 것인가? 보지가 톡 튀어나오는 레깅스를 입고, 보지가 보일 둥 말 둥 하게 짧은 치마나 바지를 입고 거리를 활보하고 다니는 것은 무엇을 말하고 싶은 것인지 알 수가 없다.

취향이라는 미명하에 아마도 궁금해하는 실체를 말하려고 하는 것은 아닌지 의심이 든다. 보는 각도에 따라 만들어지는 세상이 하늘과 땅 차이니 누구의 말이 맞다고 할 수 있겠는가? 좀 더 실체에 가까이 갔다고 누군가는 좋아할 것이고, 누군가는 저질스럽다고 할 것이다.

인간과 우주

혼합 50*60 / 2023. 12. 23.

　지구는 시속 1,660km로 자전한다. 지구는 시속 11만 km로 태양 주위를 공전한다. 태양은 우리 은하를 72만 km로 공전을 한다. 태양의 공전 주기는 2억 2,500만~2억 5,000만 년이란다. 우리가 몸담고 있는 지구와 태양이 그렇게 빠른 속도로 움직이고 있다는 데도 우리는 전혀 알아차릴 수가 없다.

우리는 우주의 끝이 있는지 없는지 누구도 알지 못한다. 그런데 인간은 천상천하 유아독존이라고 잘난 체하고 있다. 알고 있는 세상이 다인 양 우물 안 개구리 같은 생각을 하고 있기 때문이다. 우리는 무지에 대해 자각하면서 겸손하게 살아가야 마땅하다고 생각하지 않는가? 돌아가는 지구에 매미처럼 붙어서 살아가고 있는 나의 모습을 한 번쯤 상상해 보면 참으로 하찮다는 것을 새삼 느끼게 될 것이다.

그러나 인간은 늘 인간이 우주보다 더 위대하다고 철석같이 믿고 싶어 한다. 자존심 하면 인간보다 더 샌 것은 없는 것 같다. 인간의 자존심으로 세상을 바라보니 그런 모양이다.

어울림

혼합 53*65 / 2024. 1. 7.

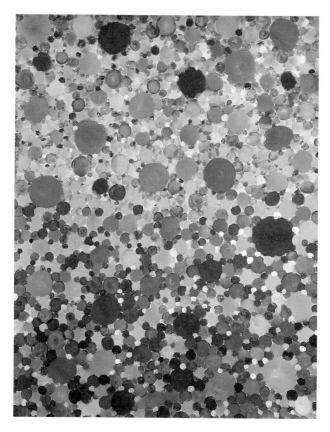

이따금 친구란 무엇인지 생각하곤 한다. 여전히 친구란 무엇인지 정의를 내릴 수가 없다. 옛말에 진정한 친구 한 명만 있어도 성공한 인생이라고 하는데 이해할 수가 없다.

어릴 때 함께 자란 비슷한 또래의 고향 친구, 학교 가면서 알게 된 학교 친구, 군대나 직장이나 사회활동을 통해 알게 된 친구 등. 많은 시간을 같이 지내다 가까운 사이가 되면 친구라 하는데, 친구 중에는 좋은 친구도 있고 나쁜 친구도 있다.

그리 많이 만나지 않은 사람은 아는 사람이라고 하고, 오랜 기간 많이 만난 또래의 아는 사람을 보통 친구라 한다. 안다는 것이 외견상 아는 것이 전부라 본 모습은 잘 알 수가 없다.

친구란 어떤 것인지 명확하게 정의할 수 있는 것인가? 고향 친구, 학교 친구, 직장 친구, 사회 친구, 술친구, 고스톱 친구, 낚시 친구, 등산 친구, 운동 친구…. 옛날에 놀기 좋아하고 술을 좋아하는 친구들과 어울려 다니느라 정신을 차리지 못하는 자식이 하도 딱해 아버지가 누가 더 훌륭한 친구를 두었는지 아들과 내기하는데, 서로가 큰 사고를 쳤으니, 친구를 찾아가 숨겨 달라고 부탁했을 때 들어주는 친구가 승자가 되는 내기다. 열심히 놀아주고, 술 사주고 할 때 그 많던 친구에게 아들이 사정 이야기를 했더니 한 놈도 빠짐없이 안면박대하는데, 한 명밖에 없다던 아버지 친구만이 아무 망설임 없이 숨겨주더라는 이야기다. 그러면 범인 친구를 숨겨준 아버지 친구만 친구고, 술 먹고 놀기 좋아하는 아들 친구는 친구가 아닌가? 누구는 아들 친구는 친구도 아니라고 할 것이다.

나는 그렇게 생각하지 않는다. 아버지 친구도 친구, 아들 친구도 친구다. 세상을 바라볼 때 편협하게 보면 맞다 틀리다 말할 수 있다. 식구들한테 도리를 다하는 아버지만 아버지고, 그렇지 않은 아버지는 아버지가 아닐 수 없듯이 친구도 그와 같다.

아무리 절친이라도 자신을 대신할 수는 없다. 만약 그렇다고 생각한다면 영혼의 독립성을 무시하는 처사다. 고지식하고 무지할 때만 가능한 일이다. 지금까지 막연하게 중요하게만 여겨왔던 친구라는 것을 딱 잘라 정의하는 것보다는 두루뭉술하게 이해하고 살아가는 것이 훨씬 좋겠다는 생각이다.

지루한 시간이면 한 번씩 아는 얼굴을 떠올리면서 친구란 무엇인지 생각을 해본다. 의식적으로 정형화된 친구를 아무리 찾아도 찾을 수가 없다. 아마도 이기심이 가득한 프레임으로 친구를 찾는다면 찾을 수 없는 것이 아닌가 하는 의심이 든다.

영국의 인류학자 로빈 던바(Robin Dunbar)가 제안한 던바의 법칙(인간관계의 마법 숫자)에는 한 사람이 진정한 사회적 관계를 맺는 최대치는 150명 정도에 불과하다고 한다.

첫째로 생사를 같이할 정도로 친한 친구가 5~10명 정도, 둘째로 나와 세계관 · 인생관 · 가치관이 맞는 친구가 15~20명 정도, 셋째가 자주 어울리나 정서적 교감이 없는 상대로 30~40명 정도, 넷째로 거의 어울리지 않는 상대로 100~150명 정도 된다고 한다. 그중에서 동종업계나 이해관계에 있는 셋째 그룹에 우리가 가진 에너지의 60% 이상을 쏟아야 한다고 제시하고 있다.

떠오르는 의식

혼합 53*65 / 2024. 1. 23.

특별한 목적이 있지 않는 한 생활 습관은 크게 바뀌지 않는다. 하루하루를 어떻게 살아가느냐 하는 문제는 별것 아닌 것 같아도 이보다 더 중요한 것은 없다. 아무 생각 없이 사는 것과 삶의 의미가 무엇인지 고민하고 사는 사람과는 당연히 같을 수가 없다. 생각 없이 사는 사람은 어렵고 힘들면 모든 것을 자기 탓이 아니라 남의 탓으로 돌린다. 생각 있는 사람이라면 그런 괴물 같은 생각은 하지 않는다.

며칠 전 잘 나오던 텔레비전이 고장이나 아무것도 볼 수가 없게 되었다. TV를 새로 산 지 2년 정도 되었는데 산 가격의 50%를 들여야 수리가 된다고 한다. 가격이 저렴한 DW TV를 사서 빨리 고장이 난 게 아닌지 의심이 들었다.

비싸도 수리해야겠기에 수리해 달라고 요청했더니, 주말이고 연초라 1주일 정도 시간이 걸린다고 한다. 아침에 일어나서 보기 시작하면 뉴스다 드라마다 오락 프로다 하여 하루에 적어도 3~4시간은 기본으로 보는 것 같다.

리모컨을 들고 이 프로보다 맘에 안 들면 저 프로 보고, 저 프로보다 마음에 안 들면 마음에 드는 프로 찾는다고 채널을 쉼 없이 바꾸는 버릇이 있다. 함부로 대한 TV에 왠지 미안한 마음이 스멀스멀 올라온다. 이틀밖에 안 지났는데 나도 모르게 TV 앞에 자꾸 가게 된다. TV가 고장 나 너무 심심하다는 생각뿐이다.

좋든 나쁘든 모르는 사이에 습관이 되면 그것이 바람직한지 아닌지 알아차리기가 쉽지 않다. 심각한 상황이 아니더라도 야금야금 내 귀중한 시간을 좀먹고 있는 습관은 없는지 한 번쯤 점검해 보면 좋지 않을까 하는 생각이 든다. 다시 돌아올 수 없는 황금 같은 시간을 좀 더 의미 있게 사용한다면 인생이 달라질 것이다.

기적 같은 인생을 남이 만들어 놓은 장난감 같은 놀이에 휘둘리어 시간을 낭비하고 있다면 그보다 더 허무한 것이 있을까? 인생을 멋있게 살려면 만들어진 남의 인생을 부러워할 게 아니라 없는 내 인생을 하나하나 만들어 가는 것이다. 창조, 발견, 모방, 관객 중에 창조가 으

뜸이라고 생각한다.

뭐니 뭐니 해도 창조 중에는 아기 만드는 일보다 더 큰 일이 있을까? 젊은이들이 남의 인생 결과물들을 감상한다고 바빠하지 말고 귀중한 시간 창조하는 일에 좀 더 매진했으면 좋겠다. 핑계 찾는다고 금쪽같은 시간 다 보내고 나면 허무한 인생만 되돌아보게 되는 날이 온다는 것을 알아야 한다. 관객이 되어 구경만 하다 가는 인생이 되고 싶은가?

순환

혼합 53*65 / 2024. 2. 7.

　　우리 몸은 세상을 순환시키는 기계다. 죽는 날까지 세상을 먹고 배출하는 일을 멈추지 않는다. 살아가기 위해 먹는 일을 멈출 수가 없기 때문이다. 인간의 기계적 기능의 전부라고 할 수 있다. 가만히 생각해 보면 먹고 싸기 위해 세상에 태어났는지도 모른다. 먹는 양도 어마어마하고, 못 먹는 것이 없을 정도로 다양한 것들을 먹는다. 마치 지렁

이가 땅속의 유기물을 섭취하기 위해 흙을 끊임없이 먹는 일이랑 다를 게 없다.

큰 물질이 분해되어 작은 물질이 되고 작은 물질이 분해되어 분자가 되고, 원자가 되었다가 다시 물질이 되는 순환 과정은 영원히 지속된다. 인간의 궁극적인 존재 가치는 순환에 동참하라고 하느님이 창조하신 게 아닌가 생각된다.

기계는 아껴 써야 오래 쓸 수 있다. 먹는 양을 반으로 줄이면 기계 수명이 배로 늘어난다고 한다. 오래 살고 싶으면 곰곰이 생각해 보고, 고개가 끄덕여지면 실천해 보라. 개중에는 이런 의심을 하는 자도 있을 것이다. 잘 못 먹고 잘 못 살던 옛날 조상들의 수명은 지금 사람의 수명보다 왜 짧았을까? 이유는 각자가 생각해 보면 좋겠다.

선택과 결정

혼합 53*65 / 2024. 2. 24.

　삶이란 선택하고 결정하고 행동하는 과정을 반복하면서 살아가는 것이다. 선택하다 보면, 결정하다 보면, 행동하다 보면 잘할 수도 있고 못 할 수도 있다. 결과에 대해서는 그만한 이유가 있기에 일어난 일이기 때문에 당연하게 받아들이는 마음가짐이 중요하다.

물질이나 건강이나 돈이나 명예나 권력 등은 누구나가 얻고 싶은 욕망을 두고 있다. 그래서 욕망을 채울 수 있는 쉬운 방법이라고 생각되면, 그 유혹에 쉽게 넘어갈 수 있다. 자주 사용하는 유혹의 미끼로는 '세상에는 욕망을 채울 수 있는 확실한 방법이 있다'고 하는 것이다. 어리석으면 그 미끼를 물고 용을 쓰다가 큰 상처를 입고 나서 세상을 원망하게 된다. 세상을 살아가는 데는 확실한 방법이 없다는 것을 알았으면 그런 일은 없었을 것이다.

삶이란 수만 가닥의 실로 짜인 동아줄인데 어찌 한 가닥 실의 상태가 인생을 통째로 책임질 수 있겠는가? 세상은 내가 아는 것만큼만 보인다. 하나만 알고 있으면 세상이 하나로 보이고, 둘을 알고 있으면 둘로 보이는 세상을 하나만 알고 있는 사람은 둘을 알고 있는 사람의 세상을 이해할 수가 없는 것이다. 이유는 하나만 알고 있는 사람의 뇌는 하나만 쓸 수 있는 정보로 프로그램이 만들어져 있기 때문이다.

세상에서 일어나는 일은 넓게 보면 다 정답이라고 할 수 있다. 다만 빈도수가 다소 차이가 날 뿐이다. 그래서 정답은 없지만 자기가 가진 정보로 정답에 가장 근사한 삶을 살려고 노력하는 것이 최선의 방법이다.

같은 정보라도 받아들이는 형태는 제각각이다. 이유는 개인마다 입력된 정보를 돌리는 프로그램이 다르기 때문이다. 이 프로그램은 유전적인 요인과 지금까지의 환경적 요인이 결합한 상태로 만들어진다.

자신도 모르는 사이에 충격을 받아 프로그램이 일그러져 있으면 아무리 좋은 정보를 입력하더라도 좋지 않은 결과가 출력될 수도 있다. 예를 들면 같은 정보를 입력하고서 한 사람은 좋은 일을 할 생각을 하는데, 한 사람은 나쁜 일을 할 생각을 한다는 이야기다.

　나는 만나는 사람마다 부정적인 생각을 하지 말고 긍정적인 생각을 하라고 한다. 프로그램이 잘 돌아가기 위해서는 필수적이라고 생각하기 때문이다. 세상에는 경험해야 할 일들이 무궁무진한데 부정적인 장애물 때문에 힘들게 사는 사람이 의외로 많은 것 같다. 어쩔 수가 없는 일이다. 자신을 최고라고 생각하는 고집이 없어지기 전에는 고치기가 쉽지 않은 불치병이다.

　세상은 계속 변하고 있는데 자기 틀에 갇혀 변하지 않고 있는 자기 생각이 정답이라고 붙들고 살아가고 있다면 딱한 일이다. 이 또한 정답이 아니라고 할 수는 없지만 그래도 정답에 한 발 더 가까이 갔으면 하는 아쉬움이 있기 때문이다. 좋은 선택을 위해서는 많은 정보가 필요하고, 좋은 결정을 내리기 위해서는 제대로 된 프로그램이 작동해야 한다.

　많은 정보를 갖게 되면 나와 세상이 하나라는 것을 알게 되고, 나와 세상을 위해 이로운 일을 하도록 설계된 프로그램이 좋은 프로그램이다. 정보를 얻기 위해서는 많은 체험과 독서를 통해서 가능하고, 좋은 프로그램이 만들어지는 데는 무엇보다 환경이 큰 영향을 미친다. 좋은 선택과 좋은 결정은 세상을 사랑하는 마음과 세상에 감사하는 마음을 성장하도록 한다.

하늘과 바다 사이

혼합 50*60 / 2024. 3. 11.

우리가 사는 것은 모든 것이 사이에 존재하고 있다. 사이는 무의 경계에서 유의 경계를 포함하고 있으므로 세상에서 포함되지 않는 것이 없다. 세상을 잘 살기 위해서는 사이의 세상을 잘 이해하여야 한다. 세상을 사는 사이는 못사는 삶과 잘사는 삶으로 구분 지어진다. 그 사이에 모든 세상 사람의 사는 방법이 존재하고 있다.

사이에서 일어나는 차이는 정답이 없고 정도의 차이로 추측하여 판단할 수 있을 뿐이며, 단편적이다. 식물이 잘 산다는 것, 동물이 잘 산다는 것, 인간이 잘 산다는 것, 과연 그런 것이 있는가? 오직 인간만이 그렇게 정의하고 있는 것이 아닐까! 세상은 자연의 섭리대로 돌아가고 있는데 주제 파악도 못 하는 인간이 인간의 능력으로 세상을 바꿀 수 있다고 큰소리치고 있다. 소꿉장난 같은 삶으로 세상을 바꿀 수 있다고 큰소리치는 인간을 특별히 우리는 조심해야 한다. 세상을 단정적으로 보고 자기주장을 강요하는 것은 강도가 하는 짓이다.

겉으로 번드르르하고 듣기 좋게 단정적인 이야기로 세상을 논한다면 쉽게 믿어서는 안 된다. 사이에서 일어나는 일이 완전히 틀렸다고도 할 수 없지만 완전히 맞는다고도 할 수 없는 일을 단정 지어서는 안 되는 일이다. 단정 지어지는 것을 쉽게 받아들이는 사람은 잘 사는 삶을 살기가 어렵다. 잘 사는 삶은 내 저울에 세상을 올려놓고 스스로 정확한 무게를 달아 진정한 가치를 인정할 줄 알아야 한다. 사이에는 돈 버는 법, 성공하는 법, 부자가 되는 법, 행복하게 사는 법, 평생 걱정 없이 사는 법이 있기는 있다.

다만 누구도 확실하게 알 수는 없다. 누구든 자신이 알고 행하는 만큼만 이룰 수 있기 때문에 누구에게나 적용할 수 있는 정답이라고 말할 수가 없는 것이다. 꼭 정답을 찾고 싶다면 그것은 사이에 나만의 이 순간뿐이다. 어떻게 보면 정답이라는 게 아무 의미가 없는지도 모른다. 없는 것을 있는 것처럼 생각하고 집착하는 것은 허황한 일이다.

나는 어떤 사람인가?

혼합 53*65 / 2024. 3. 25.

지구상에는 70억 인구가 살고 있다.

인간의 공통된 욕망은 같다고 할 수 있다. 잘 먹고 잘사는 것!

대체로 자신이 훌륭하다고 생각한다. 누군가 자신이 못났다고 하면 화를 내는 것으로 알 수 있다. 다만 환경과 재능과 기회에 따라 결과가 다를 뿐이다. 멀리서 보면 논에 고개 숙인 벼 이삭이 그놈이 그놈 같아 보인다. 가까이서 보면 가지마다 벼알의 숫자나 크기가 다 다르다. 가지마다 다른 벼 이삭을 두고 너는 열심히 살았고 너는 게으르게 살았다고 말할 수 있는가? 세상은 내가 어디서 어떻게 바라보느냐에 따라 다르게 보일 수 있다는 것을 알아야 한다. 생명은 본래 열심히 살도록 프로그램이 되어 있어, 그렇게 살지 않을 수가 없는 것이다. 그렇지 않다고 생각하고 있다면 그럴 만한 이유가 있을 것이라고 예외로 인정해야 할 것이다.

인생은 거시적으로 보면 설계도면 대로 살아간다고도 할 수 있고, 미시적으로 보면 불확정한 상황에서 창조해 가는 삶을 산다고도 할 수 있다. 지금까지의 사회적 지지관습은 수직적 관계였으나 지금부터는 자신의 인생을 창조하는 수평적 관계로 사회가 바뀌어야 한다고 경고하고 있다. 옳지 않은 제도의 힘 때문에 재능을 꽃피울 기회조차 얻지 못한다면 얼마나 억울하겠는가?

지금부터 안팎에 쌓여있는 장애물을 하나씩 제거해야 한다. 그래서 본인만이 갖고 있는 재능을 마음껏 펼칠 수 있다면 얼마나 좋은 일인가? 지금까지 살아온 길을 뒤돌아 보고, 앞으로 어떻게 살아갈 것인지 고민하고 실행한다면 훌륭한 삶이 되지 않을까 생각된다.

주어진 환경을 어떻게 할 수는 없지만 어떤 사람이 되고자 하는 의지만 있다면 자신만이 반드시 그렇게 할 수가 있는 일이다. 거시적인 목표를 정해놓고, 목표를 향한 미시적인 실천을 지금부터 시작한다면 훌륭한 자신이 반드시 될 수 있다고 생각한다. 장애가 되는 틀을 깨고 나오는 일이 쉽지는 않겠지만 그렇게 하지 못한다면 모든 것은 망상으로 그칠 것이다.

표현의 자유

혼합 53*65 / 2024. 4. 9.

표현하지 않으면 세상에는 이루어지는 것이 없다.

소리로, 말로, 글로, 눈으로, 냄새로, 느낌으로 살아있음을 증명하는 일이다.

아기가 배가 고프다고 울지 않으면 어떻게 배가 고픈지 알겠는가?

남녀 간에 사랑한다고 말하지 않으면 서로가 사랑하는지 어떻게 알 수가 있겠는가?

환자가 아프다고 말하지 않으면 의사가 어디가 아픈지 어떻게 알겠는가?

예술가가 재능을 보이지 않으면 누가 예술가인지 알겠는가?

표현하는 능력은 성공할 수 있는 능력과 맞닿아 있다. 내적으로는 정신적 자아를 발달시키고 외적으로는 물질적 풍요를 이룰 수가 있기 때문이다. 삶이 엉성한 것 같다는 생각이 든다면 아마도 표현능력이 매끄럽지 못한 것이 큰 원인일 수 있다.

아무리 유명한 점쟁이도 아무 말도 하지 않으면 알 수가 없고, 아무리 나쁜 사람이라도 말하지 않으면 나쁜 사람인지 알 수가 없다. 표현하지 않으면 불리할 때 유리하고, 유리할 때 불리하다. 누구나가 알게 모르게 자신을 지키기 위하여 나름대로 표현한다고 애를 쓴다. 품위를 높이고, 물질적 이득을 취하고, 이성 간 매력을 느끼게 하여 결국에는 욕망을 채우기 위한 요약된 행위라고 말할 수 있다. 삶의 활력소다.

나는 표현을 잘하고 있는가? 표현하지 않으면 귀신도 알 수가 없다. 살아있는 송장이다. 송장으로 살기 싫으면 표현의 자유를 마음껏 누려야 할 것이다.

어울림

혼합 53*65 / 2024. 4. 24.

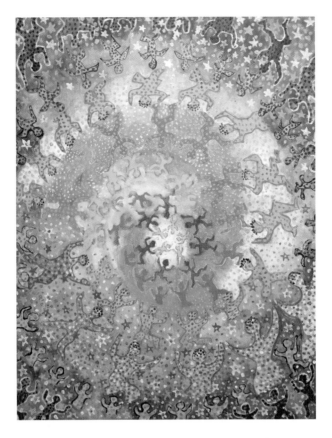

　　끼리끼리 모여 있는 것들을 우리는 어색하지 않고 자연스럽다고 생
각한다. 그런데 산은 산대로, 물은 물대로, 인간은 인간대로, 동물은
동물대로, 식물은 식물대로 어울린다고 보는 것은 참으로 고전적인 사
고다. 세상에 존재하는 만물의 고전적인 경계가 사라질 때 진보적이고
창의적인 어울림의 세계로 진화할 수 있는 것이다.

우주는 신기하다. 그렇게 많은 별이 언제 어떻게 만들어졌을까? 사라지지 않고 이렇게 오랜 시간을 어떻게 견디고 있을까? 별과 친해지고 싶다고 친해질 수 있을까? 친해지고 싶어 가까이 갔다간 불꽃에 타버리는 불나방 신세가 되기 딱 맞는데 말이다.

무수히 많은 별이 빛나고 있을 때 두고 온 고향 같다는 생각이 든다. 맨몸으로 우주를 여행하고 싶다. 별들과 가까이서 친구가 되어 새로운 세계를 알고 싶다. 아마도 미생물이 고등동물의 세계를 부러워하는 마음 같지 않을까! 어림도 없는 바람인지도 안다. 불가능한 것을 그리워하는 것은 상상이나 꿈의 세계에서나 가능한 일이다.

아무리 자유를 만끽한다고 하여도 능력의 한계 때문에 인간의 힘으로는 불가능하다는 경계를 현실적으로 받아들일 수밖에 없다. 인간이 경험할 수 있는 자유는 육체가 닿을 수 있는 곳까지다. 신체적인 성장이나 육체적인 수명이나 생로병사라는 포물선을 그리다 결국 제자리로 돌아간다. 육체를 둘러싼 욕망의 도구인 사물이나 사건들은 포장용 장신구에 불과한 것이다. 육체의 능력은 미미하고 정신적인 허상의 세상을 어떻게 살아가야 좋을까? 살다 보면 부러워하는 것이 잘 보인다.

부러운 것이 많다는 것은 내가 부족한 것이 많다는 것이고, 부족한 것이 많다는 것은 그만큼 행복하지 못하다는 것이다. 도드라진 것만 보기 좋아하는 습관 때문에 이면의 진실을 알 수가 없다. 이면의 진실을 알아야 어울릴 수 있는 세상을 찾는 지혜가 생기게 된다. 진실 찾기를 게을리한 인생은 하찮은 일이나 남의 인생에 영혼을 맡기기 십상이다.

세상을 보는 눈

혼합 53*65 / 2024. 5. 15.

생각과 마음으로 보는 세상은 어떤 모습일까?

행복하면 세상은 아름답게 보이고, 불행하면 세상이 꼴 보기 싫은 모습으로 보인다. 그래서 삶이란 세상이 아름답게 보이다가 실망스럽게 보이는 일을 반복하는 일이 아닌가 생각된다. 좋은 일인가 싶으면 나쁜 일이 생기고, 나쁜 일인가 싶으면 좋은 일이 일어나는 것처럼, 세상은 단편적인 경계로 끊어서 보면 힘든 일이 많아진다. 그렇지 않으려면 모든 것이 따로가 아니고 하나라고 보는 지혜의 눈이 필요하다. 이기적인 독선은 그 힘이 미치는 범위에 속하는 것들을 불행하게 만들고 결국에는 자신도 불행을 맞이하게 된다.

행복한 세상을 보기 위해서는 건강해야 하고, 충분한 돈이 있어야 가능한 일이다. 건강을 지키는 일은 어느 정도 나이를 먹으면 누구나 알 수 있다. 충분한 돈을 버는 것도 어느 정도 나이를 먹으면 누구나 알 수 있다. 그러나 건강하지 못한 사람이나 돈이 없는 사람이 참으로 많다. 이유는 생각이 없고 게으르기 때문이 아닌가 생각된다.

오천 년 전에도 부자가 되는 방법은 지금과 크게 달라진 게 없는 것 같다. 버는 돈의 일정한 금액을 저축하고, 불필요한 지출을 하지 말고, 돈을 잃어버리지 않도록 관리하고, 돈이 증식되도록 투자하라는 이야기다. 허황하거나 비현실적인 욕망으로 돈을 벌려고 하거나, 결과만 부러워하고 원인을 무시하는 어리석은 자는 돈이 주인으로 모시기 싫어서 도망간단다. 돈을 만드는 뿌리는 자리이타(自利利他: 자기에도 이익이 되고 다른 사람에게도 이익이 되는) 할 수 있는 일을 찾아 꾸준하게 하는 것이다.

담배도 맛있다, 술도 맛있다, 커피도 맛있다, 후라이드 치킨도 맛있다, 삼겹살도 맛있다, 콜라 사이다도 맛있다, 빵도 맛있다, 비타민도 맛있다, 미네랄도 맛있다….

내 몸은 어떻게 지켜야 잘 지킬 수 있을까? 몸도 생각이 없고 무식한 주인은 싫어한다. 그래서 주인을 무시하고 제멋대로 살아가다, 결국에는 함께 망가지고 만다. 이 모든 건 알면서도 행동하지 못한 주인의 책임이다. 행동하지 않으면 아무것도 되는 것이 없다. 아름다운 세상을 보고 싶으면 지금 당장 목표를 향해 행동해야 가능한 일이 된다.

마음

혼합 50*60 / 2024. 5. 27.

물고기 같은 마음, 새 같은 마음, 소 같은 마음, 사람 같은 마음, 우주 같은 마음.

우리는 자기 자신을 잘 안다고 생각한다. 그리고 그렇게 믿고 있다. 어제는 기분이 좋았는데, 오늘은 기분 안 좋다. 이유는 잘 모르겠다. 이렇게 변덕스러운 마음이 본래부터 제 성품 탓이란다. 그런데 타고난

성품이라는 걸 누구도 제대로 설명할 수가 없다.

다툼의 본질은 자신이 제일 잘 알고 있다는 극적인 생각이 실행할 때 생기는 것이다. 맞는지 틀리는지는 누구도 알 수 없다. 다만 시간이 지나면 드러나게 된다. 그래서 과거의 사건들을 평할 수 있는 것이다. 문제는 과거의 경험이 미래에 똑같이 일어날 것이라는 인간의 믿음 때문에 어리석은 삶을 반복하는 것이다. "나는 내가 아무것도 모른다는 것을 안다"는 그리스 철학자 소크라테스(기원전 470~ 기원전 399년)의 말이다.

어항에 헤엄치고 있는 물고기가 어떤 생각을 하였는지, 하늘 높이 날고 있는 독수리가 어떤 생각을 하고 있는지, 풀을 뜯고 있는 젖소가 어떤 생각을 하고 있는지, 같이 사는 마누라가 어떤 생각을 하고 있는지, 정원에 피어 있는 장미꽃이 어떤 생각을 하고 있는지, 밤하늘에 반짝이는 무수한 별들이 나에게 어떤 이야기를 하고 있는지 알 수가 없다. 그런데도 저마다 잘 알고 있다 착각하고 있다.

소크라테스의 말을 빌리면 '나는 내가 뭘 모르는지 모른다'이다. 누가 이 그림은 무엇을 표현했느냐고 물으면 할 말이 없다. 잘 모르면서 아는 척하고 싶은 마음을 표현하고 싶어서라면 이해할 수 있겠는지?

내 블로그에 들어오는 사람과 함께 공유하고 싶은 이야기가 있다. 다름 아닌 '돈 미겔 루이스'의 인디언의 숨겨진 천년의 지혜, 네 가지 약속이다.

첫 번째 약속은 말로 죄를 짓지 말라.(자신의 에너지를 올바르게 사용하라는 뜻이다.)

두 번째 약속은 어떤 것도 자신의 문제로 받아들이지 말라.(다른 사람이 하는 일 가운데 당신 때문에 비롯된 것은 하나도 없다.)

세 번째 약속은 추측하지 말라.(우리는 보고 싶은 것만 보고, 듣고 싶은 것만 듣고 싶어 한다.)

네 번째 약속은 항상 최선을 다하라.(앞의 세 가지 약속을 실천하는 데 있어 자신이 할 수 있는 최선을 말한다.) 지금의 고통은 과거의 경험에서 생겨난 것들이다.

일어나는 고통을 치유할 수 있는 것은 용서만이 유일한 치료 방법이라고 한다. 한 번씩 올라오는 분노를 잠재우고 지혜로운 사람이 되어 현재를 즐길 수 있는 사람이 되는 데 도움이 되기를 소망하면서….

창조

혼합 53*65 / 2024. 6. 20.

  글을 쓰고 말하는 것은 어떤 의미일까? 이미 알고 있다고 확신하는 것을 증명하는 일이 아닐까? 나에게는 의무성이 가미된 책을 보는 취미가 있다. 책을 다 본 후에는 누군가에게 주어버린다. 그리고 훌륭한 사람들은 책을 많이 읽더라고 하면서 책을 많이 읽으라고 권하기도 한다.

책 보는 것이 취미라는 내가 왜 책을 보는지 진지하게 생각해 본 적은 없는 것 같다. 막연하게 무엇인가 궁금한 것이 알고 싶어서 습관적으로 그냥 본 것이 아닌가 하는 생각이 든다. 곰곰이 생각해 보니 책을 보는 이유가 첫째로 내가 모르는 것이 무엇인지 알고 싶어서고, 둘째가 모르는 것을 알아도 세상에는 정답이라는 게 없다는 것을 아는 일이 아닌가 생각된다.

정답이 사이에 존재하긴 하는데 꼭 집어 이거다 하고 말할 수는 없는 일이다. 그래서 단정적인 주장은 주의하는 것이 좋다고 생각한다. 어리석은 사람은 확실한 것을 좋아한다. 그런데 세상은 확실한 것이 아니라는 걸 이해하는 데 책만큼 좋은 도구는 없다고 생각한다. 진실을 알려고 노력하지 않으면 내 생각대로 세상을 살지 못하고, 남의 생각대로 세상을 살아가는 인생이 될 수밖에 없다.

인간은 왜 정답을 찾으려고 애를 쓸까? 반드시 있을 것이라 믿기 때문에 미련한 인간은 그것을 그만두지를 못한다. 변증법적으로 정답을 찾아가는 과정 중에 소소한 세상을 창조해 나가면서 인간은 진화를 계속하고 있다. 아마도 이것이 하늘의 뜻이 아닌가 생각된다.

희망

혼합 53*65 / 2024. 7. 9.

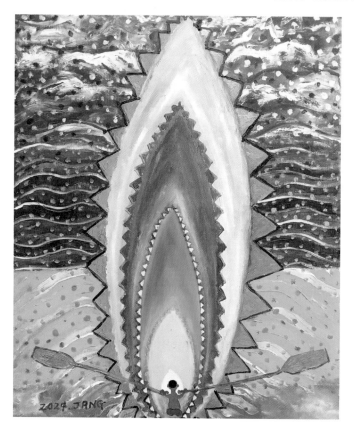

　우주에서 나를 바라보면 아무 의미가 없다. 내가 특이점이 되어 세상을 바라볼 때 의미가 생기는 것이다. 의미가 있어야 세상을 살아가는 가치가 생기게 되고, 가치를 창조한다는 믿음이 생길 때 세상을 향해 에너지가 뿜어나오게 된다.

빽빽하게 자리잡고 있는 만물은 밀고 밀리면서 자리보전을 위해 저마다 애를 쓰면서 목적지도 모른 채 시간여행을 하고 있다. 우주는 우주대로, 태양은 태양대로, 지구는 지구대로, 인간은 인간대로 영원하기를 기대하면서 최선의 노력을 하고 있다고 보아야 할 것이다. 우주가 삐딱하면 태양이 온전하지 못하고, 태양이 삐딱하면 지구가 온전하지 못하고, 지구가 온전하지 못하면 인간이 온전할 수가 없다. 인간은 세상에서 인간이 제일 잘난 줄 알고 있다. 이런 착각은 세상이 언제고 안전할 것이라는 전제가 있어야 가능한 일이라는 것을 명심해야 한다.

인간은 눈앞에 이익을 위하여 무슨 일이든 못 할 게 없다는 듯이 이기적으로 변해가고 있다. 지속적이고 과한 이기심은 언젠가 불시에 재앙으로 앙갚음을 한다고 보아야 한다. 설마설마하다가 다가오는 재앙을 알아차리지 못하고 종말을 맞는다고 한들 누구의 탓도 할 수가 없는 일이다.

의식이 있는 인간으로 태어나서 한평생을 아무 생각 없이 살다가 그냥 갈 것인가? 아니면 무엇인가 보탬이 되는 일을 하다가 갈 것인가? 고민을 해보아야 할 시간이다. 나는 지금 어떤 삶을 살고 있는가? 겉으로 보이는 세상은 모든 것이 허상이다. 허상을 아름답게 꾸민다고 자만하지 마라. 진정한 실체를 찾는 일이 더 중요하다. 부정적인 에너지를 소멸시키고 긍정적인 에너지로 풍요로운 세상을 만드는 데 힘을 보태는 일이 시급한 일이다.

생각과 그림 이야기 · 두 번째 ·

초판 1쇄 인쇄 2024년 12월 06일
초판 1쇄 발행 2024년 12월 13일
지은이 장명호

펴낸이 김양수
책임편집 이정은
교정교열 연유나

펴낸곳 도서출판 맑은샘
출판등록 제2012-000035
주소 경기도 고양시 일산서구 중앙로 1456 서현프라자 604호
전화 031) 906-5006
팩스 031) 906-5079
홈페이지 www.booksam.kr
블로그 http://blog.naver.com/okbook1234
페이스북 facebook.com/booksam.kr
이메일 okbook1234@naver.com
ISBN 979-11-5778-678-7 (03800)

맑은샘, 휴앤스토리 브랜드와 함께하는 출판사입니다.